孤鹰

邵雪城◉著

CNS PUBLISHING & MEDIA 中南出版传媒
湖南文艺出版社 HUNAN LITERATURE AND ART PUBLISHING HOUSE
博集天卷 CS-BOOKY

图书在版编目（CIP）数据

孤鹰 / 邵雪城著. — 长沙：湖南文艺出版社，2015.10
ISBN 978-7-5404-7348-8

Ⅰ. ①孤… Ⅱ. ①邵… Ⅲ. ①长篇小说 - 中国 - 当代 Ⅳ. ①I247.5

中国版本图书馆CIP数据核字（2015）第232635号

上架建议：畅销·小说

孤鹰

作　　者：邵雪城
出 版 人：刘清华
责任编辑：薛　健　刘诗哲
监　　制：蔡明菲　潘　良
特约策划：邢越超
特约编辑：苗方琴
营销支持：李　群
封面设计：仙　境
版式设计：利　锐
版权支持：中联百文
出版发行：湖南文艺出版社
（长沙市雨花区东二环一段508号　邮编：410014）
网　　址：www.hnwy.net
印　　刷：三河市鑫金马印装有限公司
经　　销：新华书店
开　　本：700mm × 1000mm　1/16
字　　数：220千字
印　　张：16
版　　次：2015年10月第1版
印　　次：2015年10月第1次印刷
书　　号：ISBN 978-7-5404-7348-8
定　　价：35.00元

质量监督电话：010-59096394
团购电话：010-59320018

目录
CONTENTS

楔子

青松翠柏如哨兵般挺立在陵园内的一条道路两旁，逼人肃穆。徐卫东站在一块墓碑前，远远地看着一对老夫妇悲伤得发软的背影，被几个身着制服的武警战士搀扶着正往陵园大门走去。徐卫东对着他们的背影敬了一个标准的军礼，直到那对老夫妇上了一辆车，那辆车从视线内消失，他还是保持着敬礼的姿势岿然不动，看上去像极了一尊雕塑。

不知过了多久，他放下了敬礼的右手，缓缓地看向墓碑上的照片，那目光就像是一个失去爱子的父亲，穷尽自己所有的刚毅，全力与即将夺眶而出的泪水对抗着。他抿紧颤抖的嘴唇，半蹲下身子伸出手慢慢地抚摸着墓碑上的名字，随着手指触到的碑文轻声念道："宁志"。

身后传来轻轻的脚步声，徐卫东微微一皱眉，面容迅速恢复了平静，站起身将双手背到身后。来人站到他身边，端端正正地对着墓碑敬了一个军礼。

徐卫东扭头看了眼来人，说："你不是出任务了吗？"

那人怯怯地瞥了眼徐卫东："本来要走，听说宁志今天安葬，所以过来看看。"

"知道为什么没通知你吗？"

"知道……因为这墓碑下埋葬的只是他的遗物，你怕我因为没把他的遗骨带回来而内疚。"

徐卫东微微点点头，用下巴指了指墓碑上的照片问道："记得这张照片吗？"

那人点点头："当年我们被你选中后一起去照的一吋相，我和郑勇的领带都是借的他的。"说到这儿，来人眼神一黯，与徐卫东不约而同看向宁志墓旁的一块碑，那上面刻的正是"郑勇"的名字。郑勇壮实的脖颈把白衬衣绷得紧紧的，他的领带与宁志遗像上的果然是同一条。

徐卫东苦笑了一下："早知道那条领带是这样就不埋了，应该送你留个念想。"

来人同样苦笑着摇摇头，两人沉默了一会儿，来人叹了口气，说："时间差不多了，我要出发了，你多保重。"他对徐卫东点头致意，转身朝来时的路走去。

徐卫东看着来人的背影，像是想起了什么，低声喊了一声："秦川。"

秦川停住脚步，回头看徐卫东。

徐卫东说："还是那句老话。"

二人不约而同道："活着回来。"说完两人都笑了。秦川看着徐卫东，喉头动了动："放心吧。"转身大步离开。

徐卫东走出陵园大门，司机赶紧迎了上来，拉开车门请他上车。徐卫东犹豫了一下，对司机摆摆手："你回去吧，我自己走走。"

司机面露难色："首长，这……"

徐卫东拍了拍司机的肩膀："没事。"

司机看着徐卫东搭在自己肩上的手，显得有些受宠若惊，不由自主地耸起肩膀，连脖子都缩了起来。

徐卫东低着头，背着手，沿着路边慢慢地朝山下走去，他的思绪也如脚下的盘山路一般伸展蔓延着——

一
我是孤鹰

1

他想起十几年前为特案组选拔新人时，去某指挥学院第一次见到宁志时的情形。那是1996年初夏的一个深夜，小操场里除了偶尔两声虫鸣，听不到一丝动静，他远远地站在操场边，对操场中央叼着哨子的学院教官点了点头。

尖厉的哨声瞬间将宁静的夜晚撕得粉碎，很快，打好背包的学员们陆续从宿舍楼里冲了出来，不到两分钟就在教官对面整齐地列好了队。尽管离得很远，徐卫东还是感觉到学员们的怨气很大，毕竟不论是谁，在这个时间被人吵醒从被窝里跑到操场上列队都不会有什么好情绪。他低着头朝队伍走去，走得越近，便感到那股怨气越重。直到他与队伍的距离近到学员们能够清晰地辨认出他肩上的肩章时，那股怨气才有所收敛。徐卫东并没有看任何人，至少没有正眼与任何一个学员对视，只是默默地低着头，在队伍的间隙中穿行，凭着自己的阅历，用余光、用耳朵、用鼻子、用感觉评判着他眼前的每个人。站在这些小伙子中间，他显得有些矮，在这些小伙子立正的时候，他们的眼睛基本与他的头顶或更高处平行。当他经过一个人面前时，他明显感觉到那人微微垂下了眼皮在看他。他停下脚步微微扭头看了那人一眼，那人并没有像大多数人一样将目光躲开，而是与他对视着，那人正是宁志。他索性抬起头看着宁志的眼睛，足足十秒钟，宁志的目光别说移开，连闪烁都没有。他低下头继续在队伍中穿行，心里已经记下了宁志在队伍中的位置。

之后的选拔是吃力而且费神的，现在的年轻人无论体力还是智力水平已经远远高于过去，他必须循着每个人的档案、领导对他们的印象，以及自己见他们时的感觉所显露出的蛛丝马迹来探察他们的内心世界，毕竟特案组要面对的世界已经很难用绝望或者残酷来形容。他看得出这批学员都很聪明，可是聪明的人往往太自信，自信的人会自负，自负后一定会轻敌，而轻敌就会断送难以估量的生命，这其中就包括他们自己。这也是最让徐卫东头痛的。他连续几天不分昼夜地针对每个初选的学员设计了一组问题，每个问题都预想了他们可能会给出的答案，再根据这些答案继续设计下一个问题。这些问题听上去必须像闲聊，只有这样才能让他们放松警惕，在轻松的、看似闲聊的过程中，根据他们的反应尽可能地了解他们最真实的内心世界。

这些工作本不是他一个人在这么短的时间内能够完成的，但总部人手不够，只给了他极为有限的时间，他只能硬碰硬。在枯燥的档案堆里，徐卫东的耐心渐渐消失殆尽，毕竟工作量过于繁重，就在这时，宁志的档案让他来了兴趣。档案显示，宁志大同级学员两岁，之所以迟了两年，是因为他前两年报名都因为政审没有通过而被打了回去。这一切竟然是因为他的爷爷。档案里说，他的爷爷在新中国成立后被定为大资本家和汉奸，随后被送到西北戈壁一个偏得在地图上都找不到的地方进行劳动改造，在那里一待就是一辈子，一直到宁志报考这所院校时都没有得到平反。而宁志并没有因政审的阻碍而放弃，一连三年报考，直到第三年，赶上他爷爷被平反并落实政策，他才被录取。至于详情，档案上并没有记录。徐卫东立刻联系总部调取宁志爷爷的详细档案，却只得到一句话：新中国成立前的确是资本家，与日本人的交往实属被迫，但不存在汉奸卖国行为。职业的敏感和多年在隐秘战线工作的经验告诉徐卫东，事情肯定没这么简单。这一下勾起了他对宁志的兴趣，于是把与宁志谈话的时间向前移了一下。

徐卫东知道，之前谈过话的那些候选者在走出这道门后一定会被其他等候谈话的人缠住询问详情，所以每个人进门后，他都保持着与之前相同的动作和节奏。当宁志在门外喊“报告”时，他像对待其他人一样，并没有立刻回应，而是等了几秒钟。其他候选者都会因为屋内没有回应而再次喊“报告”，但宁志没有。时间过去了半分钟，门外还是没有一丝动静，这让徐卫东也有点纳闷——这是什么路子?

又沉默了半分钟，徐卫东对门外轻轻说了声“进”，然后继续低头翻阅着手中的文件。等宁志进来后，徐卫东不等他自报家门，对着办公桌前的椅子努努嘴。宁志会意，走过来坐在他的对面。徐卫东最后扫了眼自己为宁志设计的问题，抬起头问道：“说说你家里的情况。”

这个问题并不是专门为宁志设计的，徐卫东也这么问过其他候选学员。他们都会介绍自己的家庭情况，比如家庭成员、父母的工作、兄弟姐妹等，如果发现他没有将这个问题终止的意思，会再说说亲戚们的情况。谁知宁志看了徐卫东一眼，又看看桌上贴着自己照片的档案，轻轻地说：“你不是都知道吗？”

徐卫东被噎了一下，这个回答根本不在他的预计范围内，他也没有为这样的答案准备后续问题，那么他之前为宁志设计好的问题就乱了顺序，从而整条逻辑线也乱了。他意识到自己犯了一个错误：对于其他人来说，这个问题司空见惯。但对于几次报考军校都因为家庭问题政审不过而落空的宁志来说，这个问题是敏感的，或者这个问题给他造成的困扰已不仅仅是报考军校遇到的阻碍了。但这场谈话不能停顿，或者说节奏不能乱，乱了意味着对宁志的审核会失误。失误会导致两种可能——要么错失一个好苗子，要么错收一个绣花枕头，无论哪种可能对于眼下的特案组来说都是损失。徐卫东说：“我知道的只是档案上显示的，我想听你说。”

宁志垂下眼皮沉默了一下，说：“其实，对于我家庭的情况，准确地说，是我爷爷奶奶的情况，我知道的可能没有组织上知道得多。如果首长想了解其他的，请将问题具体化。”

徐卫东索性将手里的那页纸推到一旁，问道：“你为什么非要参军？”

宁志看着徐卫东的眼睛，似乎是在犹豫着什么。他的犹豫不仅没让徐卫东觉得不快，反倒有些欣慰。这个问题不仅简单，而且基本不会有错误的答案：愿意喊口号的，喊喊口号；愿意接地气的，就说为自己的人生找条特别的路，毕竟和平时期的部队不仅稳定而且待遇不错。徐卫东之所以这么问只是在为自己争取时间，因为他为宁志设计的那些问题从宁志回答完第一个后，剩余的就没有意义了，他希望在宁志回答这个问题的同时自己能够快速重新整理出一套逻辑尽可能严密的问题来。但宁志犹豫了，他的犹豫让徐卫东明白，宁志既不会喊口号，也不会接地气，而是要说实话。这意味着宁志不仅诚实，而且勇敢。

宁志清了清嗓子："小时候我有一次路过我们县的武警中队，刚好来了新兵，他们站在操场上对着国旗和党旗宣誓，我听到那些誓言，感到从未有过的冲动和兴奋。"说到这儿，宁志显得有些兴奋，他眼里闪着光看着徐卫东，丝毫不掩饰自己的激动。"我记住了那些誓词，每当我遇到困难时，被人误解时，哪怕是和其他孩子打架打输的时候，只要在心里默念那些誓词，就会觉得振奋。那时候我就发誓，将来一定要站在红旗下大声说出那些话，并为那些誓言付出自己的一切。"说到这里，宁志的眼眶微红，他看了眼徐卫东，轻轻地舒了口气，咽了口唾沫，等情绪平静后，又说："后来我报考这所院校，却因为家庭成员的政审问题没有成功，想了很多办法，也找了不少人都不行。就在我想放弃的时候，我又默念起那些誓词，我觉得我不能放弃，放弃就是违背那些誓词。"

徐卫东说："那时候你并没有宣誓，谈何违背？"

宁志轻轻地笑了笑，那笑容中竟然流露出一丝鄙夷："难道非要站在国旗党旗下有人见证才是宣誓吗？这是我一个人的战争，是赢是输我自己知道就好。"

徐卫东问道："你已经成功入伍，你赢了。"

宁志摇摇头："这不算赢。"

"那，怎么算赢？"

宁志并没有直接回答这个问题，而是抬起头看着徐卫东，目光似乎穿过了徐卫东的眼睛和他身后的墙壁，穿过了整个学院，穿过了这座城市，穿过了崇山峻岭，还在无尽地延伸着……

"有一天我会一身戎装，站在我爷爷的坟前，给他敬一个军礼。光明正大。"

那一刻，徐卫东想立刻带宁志离开这个房间，他怕再迟疑，这个年轻人胸中澎湃的热血会将这里夷为平地。也是那一刻，徐卫东做出了决定，他要带走这个年轻人。

2

徐卫东不知道，宁志和他谈完话走出那道门后就开始后悔了。面对着走廊里等待面谈的同学们热切的目光，宁志突然觉得无力，那种无力感很熟悉，那是一种从小如影随形的孤独，一种无人理解的孤独。他想象着自己身后的那道门后，那个面无表情的首长此时可能正在嘲笑自己的幼稚。宁志苦笑了一下，回过神来，对着那些热切的目光说：“下一个，秦川。”说完他静静地穿过走廊，耳畔传来其他候选者好奇的询问——

“都聊什么了？”

“什么情况？”

“你怎么这么快就出来了？”

……

几天后，当宁志得知这次选中了三个人，而自己就在那三个人之中时，他显得出奇地平静——他意识到这个选中他的部门，绝不简单。

宁志与一同被选中的秦川和郑勇办理完手续，在小礼堂宣完誓，当收拾行李上了徐卫东的车时，那种一直伴随着他的孤独感竟然无影无踪了。看着坐在驾驶座上开车的徐卫东，他突然想起了第一天上学时，骑着自行车送他去上学的爷爷。那天他并没有像往常那样坐在自行车的大梁上，爷爷也没问他，就自顾自地将车骑起来，他背着书包随车跑了两步，抓紧后车座一跃骑了上去。从今天起，他要坐后座了，自行车的大梁是需要时时被人照顾的小孩子坐的，上学了，就不再是小孩子了。如今他又有了相同的感觉，上了这辆车，他就不再是学员，将要兑现“不怕牺牲”和“绝不背叛祖国”这些誓言了。他想回头再看看学校，刚一扭头却看见秦川正扭着脖子回头看，于是转过脸，望向了路的前方。

宁志和齐林接到命令赶到老叶的办公室时，门敞着，宁志见老叶正站在窗边低头看文件，正想敲门，老叶抬起了头，忙朝他们招手："进来。"

老叶回到办公桌前将手里的文件扣在桌面上，看了眼敞着的门，宁志转身将门轻轻关上。老叶指了指窗边的沙发："坐下来，喝点水。"

宁志看了看茶几上冒着热气的茶杯，看了眼一旁的齐林，见齐林一副鼓足勇气正要开口的样子，忙抢着说："刘亚男跑了。"

齐林感激地瞥了眼宁志，跟着默默地点点头。

老叶看看齐林，又看看宁志，嘴角微微一翘："我知道。"说着他皱起眉头在办公室里来回走了几步，"计划有变，对了，坐下，坐下谈。"宁志和齐林走到沙发前坐了下来，挺直了身子看着老叶。老叶说："上级指示要从毒品源头上下手。"突然像是想起什么，话锋一转，问道："对了，你们两个搭档得怎么样？"

齐林猛地站起身一个立正："报告首长，我和宁志同志配合得很默契。"

老叶看着齐林，皱皱眉："坐下，坐下说。"

宁志端起茶杯喝了口水，若有所思地说："毒品的源头？"

老叶点点头。

齐林坐回沙发上，想了想说："那就是云南了，刘亚男的货都是那边来的。”

宁志轻轻地摇摇头：“如果是源头的话，应该是金三角，难道……”

老叶看着宁志点了点头：“根据可靠情报，金三角现在面临着一场大风暴，也有一次大动作，这对我们来讲是一个绝佳的机会，要趁乱打到他们里面去。我们刚研究了一下，决定派你们两个去接近一个叫胡经的人，在他身边沉下来，拿到他们详细的内地毒品销售情报，包括运输路线、时间和买家。”

宁志咬了咬嘴唇，似是有些为难：“可是我和齐林共事没几天，这么艰巨的一个任务……”

老叶打断了他，说：“你们两个兵分两路。”说着将之前扣在桌上的那份文件拿起来递给齐林，“一号会议室，老沈在等你，去吧。”

齐林点点头，转身要走。老叶叫住他：“等等。”

齐林疑惑地看向老叶，老叶上前拍了拍他的肩膀，说道：“注意安全。”齐林又是一个立正：“放心吧，首长。”

老叶看着齐林离去的背影，眉头越锁越紧，最后叹了口气，坐在宁志旁边的沙发上看着他：“我知道你和他搭档得很不自在。他是从部队复员后干的警察，层层选拔到了我这里。而你是特案组老徐带出来的，他的手段我知道，那套训练别说是看，就是听着都让我倒吸一口凉气。”说着他打量了一下宁志，“说句不见外的话，于私，毕竟齐林在我手下干的时间要比你久，所以之前的任务都是你配合齐林。但这一次的任务，你们两个，我更看好你。”

宁志一直端着茶杯，看着茶杯里浮在水面上的茶叶，始终一言不发，不知在想些什么。老叶起身走到办公桌前，打开上锁的抽屉，从里面拿出一个档案袋递给宁志：“这份东西现在就看，不能带走。”

宁志放下茶杯，接过档案袋，抽出一沓文件翻阅起来。老叶见宁志看得入神，摸出一支烟叼在嘴里，摸遍上衣口袋都没找到打火机，正打算站起身去办公桌上找找看，只听“啪”的一声，一朵火苗在他面前跳跃着。宁志正举着一只打着的打火机凑到他的面前，眼睛依旧盯着文件。老叶愣了一下，凑过脸去将烟点着。宁志收回打火机，攥在手里，将看完的一页文件翻了过去。

十分钟后，宁志将那份文件整理好顺序，整齐地装回档案袋递还给老叶。老叶问道：“明白了？”

宁志：“接近刘亚男，取得她的信任后，跟她去金三角，打入毒枭胡经老巢内和齐林会合，然后获取他们详细的毒品走私情报，第一时间向总部汇报。”

老叶点点头：“你们之前扑了空，是因为她那边临时有变故，所以没有去机场。今晚她会出现在一家酒吧，等一个同她一起运货的人。那个人我们已经控制了，到时候我会安排人给你制造机会，接下来的事要靠你自己了。记住，你的身份千万不能暴露，刘亚男和胡经可不是一般的毒贩，如果让他们察觉到丝毫不妥，后果……你知道吗？”

宁志说：“明白。”

老叶点点头，从抽屉里拿出一个塑料袋塞给宁志：“这是缴获的一些毒品，你拿去，接近刘亚男时用。”宁志打开塑料袋看了看：“品种有点少。”老叶说：“多了怕你搞混了，到时候露出破绽就麻烦了。”他似乎很嫌弃那个塑料袋，在衣服上蹭了蹭手，又说：“你是个新面孔，这是你的优势，但是……”

宁志打断了老叶：“我能不能申请个搭档？”

老叶想都没想就说：“你是说那个秦川？不行。”说完，老叶大概意识到自己的语气过于粗暴，叹了口气说：“之前老徐派你们三个去平凉，本来是协助驻地武警执行任务，结果怎么样？牺牲了一个。你呢，一身的伤。”老叶看了眼宁志缺了小指的那只手，“你以为少根手指不算什么？那也算残疾……你也不用替他找借口，虽然你和他算是战友，但他的情况我不比你了解得少。”

宁志看看自己的手，眼神里闪过一丝落寞，但很快恢复了平静。老叶又嘟囔道：“那个老徐也是……真不知你们看上他什么。”

宁志默默站起身：“保证完成任务。”转身走到门口时，老叶将他叫住："等等。"宁志停下脚步回过头。老叶说："我得提醒你一句，为了安排你和刘亚男这次巧遇，上级下了不少功夫，你心里要有数，保密条例你是知道的，不该联系的人不要联系。"宁志猛然一个立正，狠狠地跺了一下地板："是。"向老叶敬了一个军礼，然后一个标准的向后转，推门离开了老叶的办公室。

二
目标人物刘亚男

1

北京的冬天气温很低，但在这里生活的人们很少感受到它的寒冷，因为人不会在室外待太久。尤其到了晚上，那些灯火通明的餐厅里，大落地玻璃先是被沸腾的火锅蒙上一层水汽，水汽很快凝成水珠，在玻璃上留下一道道水迹。透过朦胧的玻璃可以看到红光满面的食客正围着火锅，或高举酒杯谈笑，或抄着筷子在锅里翻找食物，即便是站在街边观望，也能深切体会到那种热烈的温暖气氛。一阵北风吹过，宁志打了个寒战，他竖起衣领看了看手表，距离出发还有两小时。两小时后，他将踏上生死未卜的征程。此时此刻，他突然好想念秦川、郑勇以及徐卫东，他也不记得从什么时候起，这三个人成了除爷爷以外他总会想起的人。还有两小时，该怎么打发呢？如果能和他们三个也坐在那朦胧的落地玻璃后，围着火锅痛快地流汗该多好。或者，一个人在爷爷的坟头静静地坐一会儿。

宁志漫无目的地游走在夜色中，不知不觉竟来到了总部为他们安排的宿舍楼下。他抬起头朝自己曾住过的房间的窗户望去，灯是亮着的。几个月前，他、郑勇和秦川还住在里面，而今郑勇牺牲了，秦川前途渺茫，只剩他孤零零的一个人。想到这里，宁志不觉心头有些凄凉，抬腿向楼里走去，刚走了两步，停了下来，低头想了想，退回到路边，又朝那扇窗望去。他看到了秦川的身影就在窗帘后头，看样子应该是正坐在窗前桌后的位置。宁志苦笑了一下，一扭头看到不远处一个公用电话亭。他走过去，拿起电话拨了一串号码，随后抬头看向那扇窗。窗帘后，秦川的身影猛地站了起来，接着就听到听筒里那熟悉的声音：“喂……喂……靠，谁啊！”

宁志将电话挂断，一转身头也不回地大步离去。离计划时间还剩半小时的时候，宁志到了老叶说的那家酒吧，围着酒吧转了一圈，将附近的胡同小巷查看了一圈，这才朝里面走去。刚到门口，见门上玻璃映出自己的脸，宁志对着玻璃摆出一副痞相，并保持着这副模样推开门走了进去。

一进酒吧，便看到了坐在暗处的几个前来配合他的同事，其中一人对宁志使了个眼色，举起酒杯喝酒，随意地对身边人说道：“车和货都到了，一会儿看我眼色，借着查毒趁乱让他们走。”

另一人不屑地看着宁志压低声音说：“这小子行不行？那可是刘亚男。”

“他行不行我不知道，反正你不行。”

“依我看抓回去得了，别鱼没抓到，线也没了。”

“别废话，抓紧把货送上车，咱还有别的事呢。”

2

宁志站在刚进门的位置，摸出根烟点着叼在嘴上，眯着眼睛一边跟着音乐节拍点头，一边在人群中搜索着。很快，在一个珠帘隔开的半包厢里，目标人物刘亚男出现在他的视线里。刘亚男跷着二郎腿，一副悠闲的样子，手里摆弄着一杯酒。

宁志装作鬼鬼祟祟地蹭到刘亚男包厢外，斜靠在沙发靠背上瞥了眼刘亚男。刘亚男抬起头打量了他一眼，举起酒杯浅酌了一口。宁志笑了笑，走进包厢坐在刘亚男旁边，跷着二郎腿，丝毫不理会刘亚男的诧异，将烟头丢在地上，一边踩一边轻轻地说：“刘亚男。”

刘亚男一惊，宁志忙低声喝道：“别动。”刘亚男警惕地看着宁志，没有说话。宁志抬起头将最后一口烟喷向刘亚男：“不想死就跟我走。”说着起身从口袋里掏出一个催泪瓦斯弹看着刘亚男：“憋气。”

不等刘亚男反应过来，宁志拉开栓环将瓦斯弹丢到了酒吧中央的人群里，一股辛辣的气味顿时在酒吧里蔓延开来，昏暗的空间里很快响起了一片尖叫和咳嗽声。宁志一只手掩着口鼻，另一只手一把拽住刘亚男的手，也不管对方愿意不愿意，拖着就往一旁的出口跑去。

那几个事先埋伏在这里配合宁志行动的探员见状，还没来得及反应就被瓦斯呛得直不起腰，全部趴在地上一边往外爬一边剧烈地咳嗽着。

宁志拽着刘亚男跑到后门，一闪身躲到门后，果然从后门冲进来两个便衣。宁志和那两个便衣探员打了个照面，上前一下钩住其中一个探员的脖子，借力起身一飞脚踹中另一便衣的后脑勺儿，那便衣一头撞到墙上昏了过去。被宁志勒住脖子的便衣脚下失了重心随着宁志身体的方向摇摆，宁志双脚站稳的瞬间收起胳膊，对着那便衣的后脑勺儿就是一下，那便衣闷哼了一声昏了过去。宁志扭头看了眼站在一旁目瞪口呆的刘亚男，拽起她的胳膊冲出了酒吧后门。

之前埋伏在酒吧内计划配合宁志行动的几个探员已经挣扎着走到门外，扶着外墙，满眼泪水，咳得上气不接下气。

“这他妈……唱的……是……哪……哪一出？”

“不……不知道。”

“那……小子……是……是不是……跟刘亚男一伙儿的？”

“你去……和……上面汇……汇报，你，通知下去，马上封锁所有路口，其余……人跟我……跟我追。”酒吧后胡同里的狗叫声一时间此起彼伏，宁志拽着刘亚男左拐右拐眼看要上大路，却见巷口闪着红蓝警灯的光。宁志赶忙停下脚步躲在一个角落里四下张望，刘亚男伸着脖子探出头看了看，这才问宁志：“你是什么人？”

宁志笑了笑说：“你的恩人。”他扭头朝一家亮着灯的西餐厅跑去，跑了两步，一回头见刘亚男没有跟来，又说：“看到没有，到处都是警察，他们可都是冲着你来的。”

刘亚男站在原地不动，冷冷地看着宁志问：“你认识我？”

宁志不耐烦地呼了口气，向刘亚男伸出手：“认识，但现在你最好跟我走，不然被抓住，你就是个死。”

刘亚男冷笑了两声：“我宁可死，也不会跟着你不明不白地跑。”

宁志一拍脑门儿，说：“差点忘了，你刘亚男是不怕死的，但你搞清楚，抓住你之后还要审判，然后剃头坐牢，最后一枪把你那张脸打成两半。到时候甭管你活着的时候长得多漂亮，验尸的看见你的尸体也得打一哆嗦，万一碰见个实习的新手，吐是肯定的。”

一席话说得刘亚男不由得眉头轻轻一皱，宁志不容刘亚男多迟疑，拽起她跑到西餐厅门前，门有点沉，宁志用力将门推开。一阵暖风扑面而来，宁志迅速适应了餐厅里的幽暗光线，没搭理迎上来的服务生，拖着刘亚男直接往里面走。过道旁一张餐桌前，一个女人不满地用披肩裹住肩膀，娇声叫了起来：“干吗啊这是？瞧这股冷风吹的。”对面的男人立刻气势汹汹地站起身，用叉子指着宁志喝道：“你丫有病吧。”宁志没理他，拉着刘亚男穿过餐厅往后面厨房走。那男人横拦在宁志面前：“说你呢，赶着投胎哪？”宁志一把掐住那人的脖子，手指一用力，那男人顿时没了精气神。宁志把那男人轻轻往后一推按回座位：“踏踏实实泡你的妞。”说完再次伸手去够身后的刘亚男，却抓了个空。一回头见刘亚男躲着他的手说：“不用拽，我会走。”刘亚男跟在宁志身后穿过大堂直奔厨房，见几个厨师和服务员吓得挤在一个角落里发抖，“不好意思，借光。”宁志冲他们礼貌地打了个招呼，钻过狭窄的厨房，推开后门，外头是一条漆黑的胡同。两人贴着墙壁走了没几步，没到胡同口就远远看见墙壁上映出的警灯的红蓝光。宁志左右看了一眼，又伸手去抓住刘亚男的手，刘亚男也没挣扎，由他拉着钻进另外一条胡同。走了一段虽没碰见人，却迎面见一堵墙横在前面，原来是个死胡同。刘亚男停下脚步前后看了看，大口喘着气低声说：“我们被困住了，出不去了。”

宁志静静地看着刘亚男说：“谁说要出去了？”走到尽头处的一个院门口，宁志对刘亚男甩甩头，摸出钥匙竟然打开了那扇门。刘亚男不可思议地看着宁志，迟疑地向前走了两步，只见墙头那边突然又映出闪烁的警灯光。她也顾不得许多，只好跟着宁志进了院子。这是一座北京城区再普通不过的大杂院，杂物堆得满坑满谷，只留一条两个人对面走要侧肩的狭窄通道。两旁的房间形状不统一、材质不统一，一看就是不同年代搭建起来的，隐隐的鼾声从某间屋里传出来飘在院子里，更显得夜深人静。院子里悬着一根节能灯管权当夜灯，正中种着一棵玉兰树，干巴巴的树干被照得惨白惨白的，伸向天空的枝杈随着墙外的红蓝色警灯变换着颜色，显得又狰狞又诡异。

宁志扶着院门把刘亚男让进来，轻手轻脚地将门关好，手指比在唇边“嘘”了一声，蹑手蹑脚地走到一扇房门外拿钥匙开了门。宁志进了屋见刘亚男还站在外头不动，回身冲刘亚男咂了咂嘴，刘亚男这才跟了进来。宁志小心地反锁好门，扒在窗边朝外看了好一会儿，长长舒了口气，转过身坐在窗边的一把破旧的椅子上。

宁志的脸隐没在黑暗里，刘亚男盯着他的轮廓，小声问：“你到底是什么人？”

宁志一边活动脖子一边说：“帮你带货的小潘出了点事。”

“什么小潘？”

宁志不屑地笑了，歪头借着窗外透进来的微弱光线看着刘亚男说：“都到这份儿上了，咱们就别兜圈子了。这么跟你说吧，小潘是我的人，你们以前找他，每次顺顺利利的，都是因为背后有我在帮他。换句话说，全北京的货都是我的人在带，你不认识我很正常，因为我不爱抛头露面。”说着话，宁志转过头伏在窗帘后朝外又张望了一下，叹了口气，“这次你把我毁了。”

刘亚男冷眼看着宁志的后脑勺儿说：“我？”

宁志将窗帘的缝隙合上，“你最好查查你身边的人，你一来北京就被警察盯上了，呵呵，自己还觉得自己特别不错呢吧？因为你的大意连累了小潘，也就连累了我，连累了我，近半年在北京你们别发货了，谁发谁死，不信你们就试试。”宁志扫了一眼黑漆漆的屋内，无奈地说：“这里我是待不住了，我跟他们都说过，被抓了，只要能保命就尽管把我往外供。”

刘亚男跟着宁志的目光也扫了一圈屋内，冷冷哼了一声：“是吗？”

宁志回以冷笑，继续扭头去看窗外，背对刘亚男的时候，他的脸诡异地扭曲了一下，随即恢复了平静，随后再次回过头看着刘亚男说："除非，你我现在同穿一条裤子。"见刘亚男眼里闪出一股恼怒，宁志急忙改口说："不对，应该是一条线上的蚂蚱，你帮我，我帮你，大家都能活。"

刘亚男抿着嘴笑了："小兄弟，你搞错了，我不叫刘亚男。"

宁志跟着呵呵一笑："你想说你叫刘玫，对吧？"见刘亚男脸色微微一变，宁志接着说："你瞒得了他们瞒不了我，刘玫就是刘亚男，刘亚男就是刘玫，都是你一个人。"

刘亚男彻底沉下脸，淡淡地问："你到底是什么人？"宁志摊开双手耸耸肩，刘亚男一边低声重复宁志之前那句话："你帮我……我帮你……"一边低下头想了想，"你能帮什么？"

宁志指了指窗外的天空说："带你甩脱那些警察。"

"你……"刘亚男狐疑地看着宁志，慢慢地问道，"想要多少钱？"

宁志"扑哧"一声笑了，一摊手说："你看我现在这个样子，还有命花钱吗？"

刘亚男饶有兴趣地看着宁志："那你想要什么？"

宁志抓抓额头："简单，我带你甩脱警察，再帮你把小潘的活儿干完，你带我出去，国内我待不住了。"

刘亚男笑着看向窗外："你找错人了，偷渡跑路这种事你应该找蛇头才对。"

宁志站起身，挡住刘亚男的视线，说：“我又不是要去美国去欧洲，你带我到金三角。”

“金三角？”刘亚男轻轻地摇摇头，“你电影看多了吧。”

“见面之前，我一直以为你是个痛快人，现在才发现你是真爱兜圈子，再这么下去，咱俩可就都兜到警察那儿去了。”宁志起身向前迈了两步，站在刘亚男的对面。他比刘亚男高出大半个头，屋内本来就狭小，刘亚男身后是一张堆满了杂物的床，没有退路，如此一来迫使刘亚男必须抬头看他。宁志双手抱在胸前，盯着刘亚男的眼睛说：“你让小潘带的货我见过，六成都是金三角来的。我想，你堂堂刘亚男是不可能从二道贩子那里进货的。”

刘亚男半仰着头与宁志对视了好一会儿，说：“既然你和小潘很熟，那你说说他属什么？”

宁志哧哧地笑了起来，“你不如问我和他的相识纪念日。”

刘亚男跟着宁志笑了起来，“那先让我看看你的本事，看看你怎么从这里飞出去。”

宁志向刘亚男伸出了手，刘亚男看看他的手，又看看他的眼睛，嘴角挂着一丝微笑握了上去。

三

我怀疑他变节

1

宁志不知道，就在他跟金三角大人物刘亚男达成协议的这一刻，老叶的办公室里却是另一番景象：屋里像是堆满了无形的炸弹，所有人硬着头皮看着桌后沉默的老叶，集体等着炸弹爆炸。

“咚”的一声，老叶一拍桌子从椅子上弹了起来。听见“炸弹”炸了，所有人固然浑身一震，却又有种舒了口气的轻松。老叶死死地盯着站在桌子对面一个去配合宁志行动的探员暴喝道：“他们怎么可能是一伙儿的？”

那探员擦了擦因受到催泪弹刺激变得通红还不停地淌着眼泪的双眼说：“我们……暂时是这

么判断的。”

老叶狠狠地扫了其他人一眼，平缓了一下语气：“伤到我们的人没有？”

“伤……伤了好几个。”

“不惜一切代价，把宁志和刘亚男两个人都给我抓回来！”老叶看着探员们一个个出了屋子，一拳狠狠地砸在桌子上，桌上的笔筒“哗啦”一声掉在了地上。老叶看着散落在脚下的红蓝铅笔、直尺、曲别针，额角的青筋突突直跳，“什么狗屁特案组，都出了些什么玩意儿，他姓徐的得负责。”他一边拿起电话狠狠地拨号，一边咬着牙嘟囔着。

电话等待音一响起，老叶的脸色瞬间平静下来，接通后，只听对面是徐卫东的声音：“说。”

老叶清了清嗓子：“老徐啊，出事了。”

“说。”

老叶对着话筒小声地不知骂了句什么，继续说：“宁志，没有按预定计划行动。”

“噢。”

老叶终于按捺不住了，提高了声音：“他带着刘亚男跑了，现在我们连刘亚男都跟丢了，他……他还伤了我的人。”说到这儿，老叶顿了顿，见徐卫东还是没有要说点什么的意思，呼了口气，

“我现在怀疑他变节。”

“你再说一遍！”徐卫东的语调并没有变化，但隔着电话，老叶还是感觉到一股无形的压力正向自己逼来。

老叶伸着脖子咽了口唾沫：“你要是这个态度，那我只能向上级汇报请示了。”

“好啊。”

老叶这下泄了气，一屁股坐到桌子上，将桌上一本台历挤到了地下，苦着脸说：“老徐，我可是信得过你才接手了宁志的，现在他捅出这么大娄子，我第一时间先知会你，算是够意思了吧，你这是什么态度？而且他知道我们的部署，我的另一个人已经出发了，消息要是泄露了，责任谁担？算了，我这就向上级请示汇报。”

“没别的事我挂了，家里的鱼还没喂呢。”

老叶用颤抖的手将电话挂断，咬牙切齿地拨了几个号码，手指悬在最后一个按键上停了下来，许久，狠狠地将听筒摔回话机：“汇报个屁！”

徐卫东坐在办公桌前纹丝不动，如同一座雕塑。他盯着桌上宁志的档案像是在发呆，又像是在沉思。他看了眼桌上三部电话中的一部，眉头微微一皱，目光回到档案上宁志的照片上。那在他看来是一张稚气未脱的脸，前提是不要看那张脸上的眼睛。徐卫东清晰地记得在学院里与宁志面谈时他的眼神，那眼神里的沉稳不该是一个二十出头的小伙子有的，可当他情绪爆发时，那股沉稳瞬间变化成一块基石，一块能够让他结结实实踩在上面一飞冲天的基石。

他将档案拿起来反扣回桌上，看了眼手表，再次看向那部电话。电话铃声就如他期望的那样响了起来。他嘴角微微一翘，等铃声响了三声后，才拿起听筒："说。"

对面的老叶已经没了之前的怨气，声音甚至有些沮丧："老徐，我叫你声大哥，你能给个痛快话吗？"

徐卫东没有等对方开始抱怨，打断了老叶："能。"

听得出，老叶明显没有预料到徐卫东会这么痛快，隔着听筒都能觉出他硬生生把一堆抱怨咽回去的声音："……啊，那，你说。"

徐卫东说："拟一道通缉令，择机发布。"

"好嘞……不是，等等，择机？择什么机？你能把话说明白吗？"

"你先去拟。"徐卫东挂了电话，扫了眼被他反扣在桌上的宁志的档案，将桌上的台灯关掉。整个办公室顿时暗了下来，只有一些微弱的光线从窗外淡淡地洒了进来，勉强将办公桌、档案柜和沙发、茶几勾勒出一个个若隐若现的轮廓。

徐卫东拿起一支烟，从桌上摸到打火机一连打了两下没有打着火，就手将烟和打火机都丢到了桌上。黑暗中，他站起身双手叉着腰，慢慢走到了窗边，看似纹丝不动，双眸却像两台雷达一般扫视着这座灯火绚丽的城市。他明白，那个让所有人乱了阵脚的宁志此刻就隐蔽在某个角落，他也知道，只要宁志愿意，凭他的本事即便把这座城市翻个底朝天也很难把他找出来。

在这条残酷的战线上变节并不是什么新鲜事，但宁志在眼下所处的环境里就变节，从理智到情感，徐卫东都不接受也不相信。徐卫东所了解的宁志是热血坚忍而且聪明的，但这样的人往往也是敏感的。他的坚忍与热血能够让他接受并全力完成任何任务，他的聪明可以让他给问题找出最佳的解决方案，同样，他的敏感也能在与老叶相处后，觉察到老叶对他的能力心存疑虑。那么，他肯定不会犯一个他应该犯的错误——对计划提出怀疑。他一定明白，如果对老叶的计划提出怀疑，那么老叶极有可能会把他的名字从执行任务的名单里画掉。平凉那一站的惨痛教训给他以及他的搭档太大的打击，如果失去这个机会，再想找到翻身的机会简直是痴人说梦。同样，他也不会越过老叶咨询前上级的意见。

想到这里，徐卫东微微地笑了，自语道：“真是小瞧你了，早知道让你去接触个真毒贩了。”

这时，桌上的电话铃声响了起来，在这沉寂的空间里，那铃声显得格外刺耳。徐卫东不耐烦地皱了皱眉头，走过去接起电话："说。"

老叶在电话那头显得有些着急："老徐，宁志的通缉令发不发？"

徐卫东抬腕看了眼手表："发。"

2

北京冬天的黎明很冷，天亮得也有些晚，天边刚刚泛起一丝亮光时，街上的行人已经渐渐多了起来。尤其是胡同里的那些大爷大妈，纷纷走出家门，舒展着筋骨朝距离自己家最近的公园走去。

有老两口推开一个院子的大门，老大爷戴着厚厚的棉绒帽子，围着围巾，只露出一对眼睛，他站在门口舒展了一下身体，借着慢慢活动脖子的时机将胡同左右扫了一眼，然后走到门口停着的一辆三轮车旁，拿起车上的一块破毛巾，掸了掸车座椅上的灰尘，他再次小心地左右看看，这才对站在门内的大娘使了个眼色。大娘也穿得很臃肿，厚围巾一直从头包到肩，动作迟缓地跨出大门，转身轻轻地将门带上，坐上了大爷的三轮车。

大爷吃力地将车蹬起来，拐过一个弯，扭过头把围巾往下拽了拽露出半张脸，对坐在后面的大娘笑道："老伴儿，今儿天可不怎么样，有点阴。”

扮作老年妇人的刘亚男警惕地看了眼前面胡同口的一个警察，轻声说：“你别演过了。”

宁志不屑地笑了笑，转回身弓起腰缩起脖子，又是一副老态龙钟的样子，并学着老人的样子大声地咳嗽起来，用围巾把脸包好，将车朝胡同口骑去。路过那个满脸倦容的警察时，宁志按着车铃用苍老的声音叫着：“小伙子，受累让让。”警察回头看看，侧身让开路。宁志一抬头，见路口还停着一辆警车，几个警察就站在车边不知正聊着什么，咯吱一下将车刹住：“哟，这是交通管制吗？我就去公园遛个弯儿。”

巷口的警察愣了一下：“没有没有，不耽误您，您慢点。”

宁志大声说道：“得嘞，老伴儿，水。”

刘亚男从袖筒里抽出手，将怀里的水壶递了过去。宁志接过水壶拧开盖子仰脖灌了几口，还给刘亚男，扯着嗓子大声道：“走嘞。”

三轮车一点点驶离了警察，慢慢地错过了路口的警车，刚骑上自行车道，只听身后的警察突然喊了声：“等等。”

宁志眉头微微一皱，但还是将车停了下来，闭着眼平复了一下情绪，装作吃力地转过头。见一个警察朝他走了过来，那警察走到车旁蹲下身，从车轮边取下一根铁丝，拿在手里对着宁志晃晃：

“这要是不留神绞进去多危险，您留点神。”

宁志控制着突突的心跳，木讷地点头说：“谢谢。”

刘亚男忙捶了宁志的后腰一拳，压着嗓子埋怨道：“死老头子，上车不查查，幸亏这警察同志看到了，不然一会儿多危险。”宁志像任何一个被老伴儿叨叨的老头一样迟缓地点着头，将车重新蹬了起来。走出一段路，刘亚男像是突然想起什么，回过头对那警察喊：“谢谢你啊，小伙子。”警察对俩人挥挥手：“大爷大妈，慢着点，看着点车。”

宁志一边蹬车一边偷偷抹了把额头上的汗，尽管他迫不及待地想要远离这个城市，但还是尽量控制着车速，以免被其他巡逻的警察发现破绽，毕竟以他现在的装扮，怎么看都像是年近七旬的老者。

在刘亚男的指引下，三轮车从城市的中心区硬是一口气骑到了城乡接合部，阳光照着物体投在地上的影子显示出已经是中午了。刘亚男碰了碰宁志，指向前方说：“从前面有电线杆的那个巷口进去。”见宁志埋头骑车没有回应，刘亚男追问道：“你听见了吗？”宁志停止蹬车回过头去看刘亚男，嘴上粘的胡子一半已经耷拉了下来，北京冬日的太阳其实很暖和，捂在厚围巾后的宁志觉得自己像一只热气腾腾的粽子。刘亚男不耐烦地瞥了宁志一眼，见宁志呼哧呼哧喘着粗气，也不好再多说他什么，毕竟连着几小时蹬着三轮车还载着一个成年人，实在不是件轻松事。也亏得宁志身体素质好，能一直坚持到现在，换成别人怕是早就“抛锚”了。宁志胡乱把胡子粘回去，咧嘴说：“这贩毒比贩白菜还累。”咬着牙将三轮车朝巷口骑了进去。

刘亚男让宁志把三轮车停在墙根处，绕到一个院子前。这院子四周围着土坏墙，几块木板钉在一起算是大门，挂着一把锈迹斑斑的老式锁头。刘亚男四下看了看，抓住锁头猛地一拽，那锁掉着铁渣“咔嗒”一声就开了。刘亚男小心地挪开破门，让宁志先进门，自己将门搬回原位，用门后的铁销将门闩好。她摆弄好了一回头，见宁志摸着下巴在小院里四处张望，嘴里嘟囔着：“最近生意不太好吧？”宁志见刘亚男不搭理他，径直从墙缝里摸出一把钥匙打开了一间小破屋子，赶紧跟了过去。一阵干巴巴的灰尘扑了出来，刘亚男站在门口用手扇了扇灰尘，轻轻地咳了两下，把宁志让进屋内。

小小的破屋里没一件像样的家具，简陋的床也只剩下一块光床板。宁志看在眼里就像找到块宝似的，赶紧爬上去四仰八叉地把自己放平，长长地出了一口气。

刘亚男慢悠悠地将外套、帽子和围巾一一脱掉，看看立柜上的镜子，随手用抓着的围巾擦了擦。宁志半眯着眼，看着刘亚男慢条斯理地对着镜子理头发。刘亚男察觉到宁志在看她，捋头发的手一顿，也从镜子里看着宁志。宁志微微一笑，闭上眼睛张着嘴出气，突然闻到一股熟悉的味道，不容他反应过来，只觉嘴里多了一根冰冷的东西，忙睁开眼。刘亚男手里乌沉沉地握着一把枪，装着消音器的枪口正塞在宁志的嘴里。

刘亚男冷冷地说："我不管你是谁，总之十分感谢你带我脱离险境，不过……你还是得死，对不起。"说着，手指缓缓地往回扣扳机。

宁志不动声色地抬起右手，举起一个已经拔了保险销的手雷，含混不清地说："那就一起死吧。"

刘亚男看着宁志手里的手雷，吃了一惊，再看宁志脸上那副一切尽在掌握中的神情，眼里的怒火腾的一下冒了出来。刘亚男又往前进了一步双手握住枪，狠狠地瞪着宁志，嘴里不时地发出咬牙的嘎吱声。宁志伸出另一只手，用两个手指尖慢慢将枪口从嘴里推出去，起身朝地上啐了几口口水，用袖口擦了擦嘴，"贩毒的也得讲良心吧。"说着又啐了一口，满脸的厌恶，"这一嘴的机油味，真恶心。"

刘亚男压了压火，叹口气坐到一把破藤椅上，枪口依然对着宁志，苦笑起来。宁志跟着她笑起来。之前两人建立的所有信任，哪怕那信任只是一种协议，就在这短短的一分钟内烟消云散了。两人谁也不愿意松口，就这么静静地对视着、僵持着。足足过了两个钟头，宁志率先打破沉默："你不想上厕所吗？"

刘亚男笑着说："你想去啊，外面院子里随便。"

宁志盯着刘亚男看了一会儿，"你说你在道上也算有名有姓，怎么事办得这么不讲究？以前人家总说干我们这行没人性，我一直不服，现在明白了，都是你这样的坏了我们的名声。"说着一摊手，"你看看现在闹得，多尴尬？"见刘亚男只是扯着嘴角笑，只是静静地看着他，不像有和他聊天的打算，宁志只好叹了口气靠坐回墙根。

时间一分一秒地过去，眼看着天光退去，屋里的光线渐渐暗下来。刘亚男将一直盯着窗外发呆的眼神挪回屋内，见宁志昏昏欲睡，握着手雷的手已经松了下来，眼看着手雷就要从他的手中滑落下来的样子，不由得惊叫了一声："喂。"

宁志一激灵，睁开眼看着刘亚男，顺手擦了擦口水。刘亚男指指宁志手里的手雷说："你悠着点。"宁志打了个哈欠："咱要这么耗到什么时候？"刘亚男盯着宁志，背过手够着墙上的灯绳，将灯拉开，瞥了眼宁志的手，问："你的那根手指呢？"宁志看了眼自己的残指，撇嘴一笑："送货迟到了一小时，赔客户一根手指，这是我的规矩。"

刘亚男不屑地说："你很守信？"宁志斜眼看着刘亚男没有回答。刘亚男叹了口气垂下枪口："你走吧。"宁志一瞪眼，说：

"我们的交易还没完呢。"刘亚男抿着嘴看了一会儿宁志，说："我是缺个帮手，但我和你不熟。"

"我可救了你一命。"宁志坐直了身子，有些激动地指了指刘亚男。

刘亚男抬手示意宁志冷静，轻轻地说："我可以给你一笔钱。"

宁志冷笑道："是吗？那你的命值多少钱？"

刘亚男饶有兴趣地看着宁志说："看样子，你不在乎钱？"

"当然在乎，可我怕我有钱没命花，我必须得离开这里，你带我到金三角，算是救了我一命。"

刘亚男不解地皱起眉头："你为什么一定要去金三角？"

宁志长叹了一口气，垂下眼皮望向墙脚灯光没有照到的阴影处，沉默了几秒，淡淡地说："因为我没和阿富汗那边的人打过交道，哥伦比亚又太远，我晕船。"

刘亚男仿佛感应到了宁志刚才一瞬间的情绪波动，又问："你在金三角有熟人？"

宁志轻轻摇头："熟悉的人没有，但我熟悉他们的货，只要避过这一段，我能让他们的货铺满天津和北京。"

刘亚男无奈地摇摇头，问道："你叫什么？"

宁志抬眼看着刘亚男，一字一顿地说："宁志。"见刘亚男嘴里默默地念了几遍，宁志也仿佛知道刘亚男在想什么，补了一句说：“宁静的宁，志向的志。”

就在这时外头传来一阵嘈杂声，有人嘭嘭拍门，听动静来人好像还不止一个。屋内的两人都神色一凛，不约而同地看向亮着的灯，意识到现在去关灯已经来不及了。两人又不约而同地屏住呼吸，同时朝大门看去。外面的人拍着门喊了起来：“有人吗？派出所的。”

宁志惊讶地看向刘亚男，用眼神问她外面到底是什么人。谁知刘亚男耸了耸肩，轻声说：“救人救彻底。”宁志忙将食指竖在嘴边：“嘘”。

门外的人等了一会儿，见里面没动静，又拍了几下门，有些不耐烦地提高了声音：“开门。”

宁志站起身走出小屋，听刘亚男轻声“喂”了一声。宁志回过头见刘亚男努嘴指向他手里的手雷，只好将手插进裤兜里，想了想又觉得不妥，走回床边将破被子拉开，对刘亚男使了个眼色。刘亚男会意，拨乱头发钻进了被窝。宁志最后朝屋内扫了一圈，放重了脚步走到大门边，清了清嗓子问：“谁啊？”

“派出所的。”

宁志不耐烦地含糊嘟囔着：“都睡了。”

“耽误不了你几分钟。”门外的声音越来越不耐烦。

宁志刚将门闩拉开，一束强光便照到了他脸上，宁志赶紧眯着眼睛扭头避开光：“干吗啊？”门外只站着一个警察，探头朝院里看：“几个人？”

“两个。”宁志话音刚落，就觉得下巴底下一阵冰凉，垂眼见一把枪抵着自己的脖子。宁志被枪顶着进了小屋，那警察跟着进屋，反脚将门关上。宁志握着手雷的手还揣在裤兜里，退到墙边贴着。那警察朝床上的刘亚男看去，刘亚男的大半张脸埋在破被子里，眼睛亮晶晶地看向宁志的裤兜。那警察像是明白了什么，一把将宁志翻过去面朝里按在墙上，“别动。”警察将宁志的右手拽了出来，死死地攥住他的手，小心翼翼地将手雷从宁志的手心里抠了出来捏住。“你要打仗吗？”警察一手持枪顶着宁志，另一只手举起手雷迎着灯光仔细看了看，嘴里不知骂了句什么，瞪了宁志一眼，“吓我一跳，哪儿买的？”

宁志不由得笑了，又赶紧绷紧脸说：“潘家园。”

那个警察将假手雷丢到地上，恶狠狠地对宁志低声喝道：“贫什么？”摸出手铐将宁志双手反铐住，“蹲下！”

宁志看了眼警察手里的枪，悻悻地面对墙角蹲了下去。那个警察竟脱下帽子朝边上一丢，冲刘亚男说：“怎么处理？”

警帽从桌上滚到地上，在墙角滴溜溜打转。宁志看看那警帽，又扭头看看坐在床上慢吞吞梳理头发的刘亚男，“假的？我居然没看出来。你这身行头哪儿买的？”

“潘家园。”假警察抬脚将刚才丢在地上的假手雷踢进还在打转的帽子里，假警帽被假手雷一压，顿时静了下来。刘亚男从床上下来，整了整衣服，将手里提着的一个旧枕头丢给假警察。那人就手接过垫在宁志头上，枪口隔着枕头对准了宁志的后脑勺儿。刘亚男歪着脑袋看着宁志说：“不好意思，花钱搞不定的事对我来说都是麻烦，哪怕救我命也是一样，我不想这世上有我亏欠的人，所以……”

宁志暗暗咬牙，恨自己怎么没防着那警察是假的。耳听着假警察已经压下了击锤，自己的手被反铐着动弹不得，正在他准备拼死一搏的时候，就听门外又传来敲门声。假警察吃了一惊，回头看向刘亚男，刘亚男皱着眉摇了摇头。宁志趁他们愣神之际，迅速将头一偏躲开枪口，转了转眼珠，对刘亚男说：“不好意思，跟一个不信任我的人同乘一条船对我来说也是麻烦，哪怕是……妈的，想不起来了，无所谓了。”

只听门外来人喊着：“开门，派出所的。”

刘亚男和假警察面面相觑，不由得都看向了宁志。蹲在地上的宁志一耸肩说：“这个很难说是谁抄袭谁，我也用了很久了。”

假警察一把将宁志拽起来挡在身前，让宁志正面对着门，手里的枪紧紧抵着宁志的下颌。刘亚男看着门，想了想，抓起扮老太太用的棉外套披在身上，凑到大门前问：“谁啊，大半夜的。”

“派出所的，查暂住证。”

刚才那个假警察进来的时候只合上门没反锁，门外的人手里的手电筒的光已经漏了进来。刘亚男回头瞪了宁志一眼，对外面说：“不是刚查过吗？还让不让人睡觉了？”

“真不好意思，还得再查一次，麻烦配合一下我们的工作。”

刘亚男打了个哈欠，说：“我都睡了，我一个女人，不方便，明天再来查吧。”

“那我们给你几分钟收拾一下。”

刘亚男只好将门打开一条小缝：“警官，我的钱包丢了，暂住证和身份证都没在，我明天就去补办。”

“把门打开。”

刘亚男无奈地将门打开，侧过身将两个警察让进院子里。两个警察一前一后进了亮着灯的屋里，跟在后面的刘亚男迅速将门一关，手里多了一把枪顶着那个后进屋的警察。先进屋的警察一抬眼见屋里有个穿警服的人，先是一愣，就见对方的枪已指着自己的鼻子。两个警察异口同声地问：“你们是什么人？”

宁志急忙举起双手：“警官，他们绑架我。”

警察见这屋内五个人有两人都拿着枪，忙说：“别乱来，放下枪，有事好商量，别把事闹大了，对谁都不好。”

没戴帽子的假警察用枪指着先进屋的警察，上下打量着问："你们是真警察？"

其中一个警察说："是，不信我拿证件给你看。"说着就朝上衣口袋摸去。刘亚男忙说："不用，趴地上别动。"见两个警察还在犹豫，刘亚男快速将弹夹滑出枪身，在两个警察眼前晃了一下，又快速装了回去，上好膛对准了其中一个警察的头。那两个警察一看这阵势，知道遇到了持枪的歹徒，只好慢慢俯身，同时彼此交换着眼神。

宁志趁所有人的注意力都在两个警察身上时，突然往前一冲，张嘴一口咬住那个假警察握枪的手腕。假警察手一松，枪掉落在地上，与此同时，宁志腰向后一拱，假警察一下失去了重心，整个人趴到宁志的背上。宁志反铐在身后的手托着那人大腿内侧，手和后背同时用力将那人扔向刘亚男。刘亚男猝不及防，被宁志丢过来的假警察砸得重心不稳，身体不由自主地往旁边歪去，宁志冲过去用头和肩膀将两人撞倒在墙角。两个警察趁机赶紧捡起掉落在地上的枪，分别对准了刘亚男和假警察。宁志背对着警察，退过来说："快，有钥匙吗？帮我解开？"

警察喝道："你也别动。"

"喂，你们怎么敌我不分？我刚救了你们。"

"你少啰唆，蹲那儿别动。"

“我靠，我怎么净救些忘恩负义的王八蛋。”说话间，宁志两只手伸到了面前高高举起，一只手上已经打开的手铐在灯光下晃动。

谁也没看到，宁志是什么时候用什么手段解开了这副手铐。两个警察一惊，互相交换了个眼神。不等他们反应，宁志左右手同时击向他们的耳后，两个警察身子一软昏倒在地上。宁志就势从他们手上夺过枪，转身对准了早已瞠目结舌的刘亚男和那个假警察。宁志冲刘亚男微微笑着说：“你看这事闹的。”

刘亚男举着双手说：“你我的交易继续，同意吗？”

这女人真行，翻脸比翻书快，改变主意比翻脸更快。宁志觉得自己的笑里怎么都带点苦，迟疑地看了刘亚男一会儿，说：“我再信你最后一次。”

刘亚男点点头，对假警察使了个眼色。假警察倒也利索，三下五除二将那两个真警察绑了个结结实实。忙活完，他喘着气站起身有些欣赏地看了眼宁志，扭头问刘亚男：“这小子手脚够利索的，你从哪儿找来的？”

“潘家园。”

宁志摇头叹了口气，“本来挺简单的事，被你搞成这样，现在连警察都扯进来了，过一会儿他们发现少了两个人，还不得全城搜索？我说，你脑子没事吧？”宁志话音未落，脸上就结结实实挨了刘亚男抡圆了胳膊的一记耳光。宁志被打得目瞪口呆，举起枪对准了刘亚男。那个假警察愣了一下作势想过来，被宁志横了一眼也不敢再动。刘亚男丝毫没有理会顶在头上的枪，冷冷地对宁志说："不是想去金三角吗？把他们干掉。"

宁志看了眼地上两个被打昏的警察，瞪着刘亚男说："开什么玩笑？我救了你的命，你不仅不报答，反坑我一道，现在又让我杀人？要杀也先杀你！"说着话就手压下了手枪击锤。

刘亚男一笑，说："要杀我，刚才我打你那一巴掌时，你就动手了。想让我带你去金三角，就把他们干掉。"

宁志说："对不起，现在是我信不过你了，我去金三角是为了活命而已。现在这个风险有点大，我还是选择留下，然后去自首，到时候再送上你堂堂刘亚男这么大的礼盒。我这条命应该是保住了，大不了在里面蹲个十年八年，出来还是好汉一条。"

假警察一听这话，忍不住往前走了一步，宁志翻身一胳膊肘正切在他脖子上将他击昏。刘亚男就像没看见似的，起身就往外走，宁志追上前用枪拦住刘亚男："别动。"

刘亚男说："我拿点东西给你看，就在门口。"

宁志笑了笑："大半夜的，你一个女人出去不安全。"

刘亚男一耸肩，斜靠在门框上，"那有劳了。"抬手指着屋外墙根丢着的一个破旧沙发垫子说，"就在那儿。"

宁志迟疑地看了刘亚男一眼，走过去用脚踢了下那个垫子：“这个？”

刘亚男点点头。

宁志左右看看，将垫子提溜起来，就见两个油纸包从垫子里滑了出来。宁志眼前一亮，捡起来撕开一个小角迎着月光看了眼，又闻了闻，不可思议地看向刘亚男。

刘亚男粲然一笑，等宁志进了屋，她将门关好，没事人似的对着窗户伸了个懒腰。宁志看着手上的两个油纸包，不可思议地问：“你就把货扔在门口？”刘亚男转过身活动着肩膀说：“这是最新的配方，目前就这两包，你我各带一包，送到云南，然后我们一起去金三角。”

宁志看看刘亚男，又看看手里的货，低头沉思起来。刘亚男接着说：“这批货，如果找到识货的人，够你吃下半辈子。不信的话，你可以试试货，看看和你平时运的那些有什么不同。”

宁志揪起油纸包的一角，正打算撕开，又停了下来，拿着那包白粉在手里掂了掂，疑惑地问道：“人家都是从云南带货到这里，为什么你的货反要带回去？”

刘亚男开始活动颈椎，“研制出这个配方的人死了，配方没人知道。我们在云南有个人，这个人能靠这两包货搞出配方来，然后拿配方到金三角批量生产就好了。”说完她拉紧领口，双手抱着肩膀搓了搓，“快点决定吧，有点冷。”她拉开桌子抽屉找出纸笔，写了一个号码和一个地址，“同意的话，到这个地方打这个电话。”

宁志扫了眼那张纸，拿着两包货，低头沉默了一分钟，看着刘亚男点了点头，最后看了眼纸上的地址和号码，找出打火机将纸点燃，呆呆地看着火苗很快将那张纸化为一片薄灰，这才站起身，用鞋底将那片薄灰踱碎，长长地舒了口气。

刘亚男冲宁志伸出手说：“那么，不见不散？”

宁志伸手与刘亚男握了握。刘亚男拿着另外一包货，对挣扎着从地上爬起来的手下使了个眼色，二人匆匆走出了那间小屋。出了院子不远，走到转角处停着的一辆车前，刘亚男停下了脚步，回头望着那个小院。手下凑上来问：“姐，就这么让那小子拿着货满世界跑？”

刘亚男笑了笑，“你暗中跟着他。”那人应了一声，正要离开，刘亚男一把将他拽住说：“我警告你，他可练过，你要是被发现了，知道什么后果吗？”

那人吸了吸鼻子，“放心吧。”他拉开车门拿出一套衣服匆忙换好，将车钥匙递给刘亚男，“姐，那我去了，你路上当心。”

刘亚男点点头，上了车，发动引擎，将车驶过前面的弯道，很快消失在公路上的车流中。

3

几天后，刘亚男出现在一个陕南小城的咖啡厅里。她静静地坐在一张桌前，等服务员将她要的咖啡摆放在面前，微笑着向服务员轻轻地道了声谢，端起咖啡抿了一小口。透过热咖啡冒出的白色雾气，只见一个男人大大咧咧地推门进来。那人脚上拖着一双布鞋，穿着一身领口袖口衣襟都已发黑的牛仔服，驼着背，耳后还夹了一根烟，一进门便伸着脖子眯着双眼不知在四处踅摸什么。他这副邋遢样出现在这里，吸引了咖啡厅内所有人的注意。那人似乎对被众人瞩目的状态很满意，龇着牙花挑衅地扫视了所有人一遍。他的目光所到之处，每个人都快速避开他的眼神，他很满意地扯着嘴角邪笑了一声。这时，他的目光停到了刘亚男身上，刘亚男却根本没用正眼看他。男人冲刘亚男挥手打招呼，刘亚男依然没有理会他。男人有些尴尬，他推开迎上来的服务员，走到刘亚男桌前，拿出一张房卡放到刘亚男面前："房间准备好了，你可以随时上去休息，放心吧，这里是陕南。"

这时，一个经理模样的人走过来问："请问先生用点什么？"不等那人回话，刘亚男说："不用，他马上就走，你去忙你的吧。"经理看看刘亚男，又瞥了眼那个男人，有些不情愿地离开了。

刘亚男看了眼房卡，眼皮也没抬地问那人："你让我放心什么？"

男人抓抓头，说："不，我的意思是你不用担心。"

刘亚男冷冷地笑了笑，不依不饶："我需要担心什么？"

男人一时语塞，愣在了那里。

刘亚男笑着扬扬房卡："多谢。"

男人指了指座位问："我能坐下来吗？"

刘亚男斜着眼看了男人一下，说："坐下来就是有事要和我谈，谈不妥你回去怎么交代？我要是你就马上离开这儿。"

男人不屑地笑了笑，大模大样地一屁股坐在刘亚男的对面，把耳后夹着的那根烟叼在嘴上，划了根火柴将其点着，随手将燃烧的火柴甩灭丢在地上，对着刘亚男喷了一口烟说："没事没事，就是好久不见，好不容易来了，你又忙，不方便见我老板，所以他托我带些话。"

刘亚男对着面前的烟雾微微地皱了皱眉头："回去告诉你老板，这次我只是路过，有什么话等我下次来再聊吧。"

男人又抽了一口烟，说："是这样的，我们知道你是带一批样品去那边。我老板的意思是，看看你能不能赏点给我们也玩玩，万一我们折腾出来，也省得你来回跑了不是。"他嘴里的烟雾和着他说的话一起喷到刘亚男的脸上。刘亚男的眉头慢慢地舒展开来，眼里恢复了平时的平静，冷冷地看看对面的人，点点头：“好主意。”说着，从口袋里掏出一把钥匙丢在桌上，“东西在酒店健身房更衣室的储物箱里，都给你们了。”刘亚男起身将房卡放到男人面前，“一个星期以后我来收货。”说完掏出一张百元钞票放在桌上，对吧台打了个响指，“埋单。”就朝外走去。

男人一愣，急忙起身，想拦刘亚男，追了两步回头看看桌上的钥匙，犹豫了一下，回到桌前拿了钥匙。他握着手里的钥匙一抬头，见刘亚男已走出了咖啡厅，一咬牙，不知嘴里骂了句什么，跟着追了出去。男人冲出咖啡厅，跑着赶了几步追上刘亚男，说：“不是这个意思，是我不会说话。”正说着，就见前面一辆车在路边停下来，一个剃着板儿寸、圆头圆脑的男人从车后座下来，门也顾不上关，脸上堆着笑朝刘亚男迎了上去：“刘姐。”

刘亚男停下脚步，打量了那来人一眼：“哟，江金九江大老板，按您的吩咐，东西交给你那个兄弟了。”

江金九脸上的肉抽了两下，笑着说：“啥大老板，叫我老九就行了。”他看了眼刚刚追上刘亚男的那个自己的手下，问：“咋了？”

那人满脸怯意，嗫嚅着：“九……九爷。”将手里的钥匙递过去说，“刘姐说样品都给我们了，一个星期以后来收货。”话没说完，就挨了江金九一记窝心脚，倒在地上。江金九指着手下骂："你个驴日的吃了豹子胆，谁的东西都敢要，赶紧还给刘姐，还不掉我把你两只胳膊当街卸了，还完再给刘姐赔不是，刘姐皱一下眉头，我把你舌头割下来塞你肚子里。"

那人满脸惊恐地看着江金九，才知道自己闯祸了，赶紧扑通一下跪在地上用膝盖"走"到刘亚男脚边，将钥匙高高举过头顶："刘姐你饶了我，饶了我，饶了我。"

刘亚男冷冷地瞥了眼跪在脚边的男人："我刚劝你不要坐下来，你不听，现在让我收回我送出去的东西，你当我是什么？"

那人不知所措地扭头看江金九，见江金九别过脸点烟，知道自己的祸事闹大了，眼泪鼻涕顿时一股脑儿流了下来，泣不成声地对着刘亚男连连磕起头来。刘亚男扭头看着江金九，伸出一根手指："记住，一个星期。"说完她要走，江金九急忙拦在刘亚男面前："刘姐，别，当着我兄弟，你给我个面子行不？"

刘亚男抬起眼皮冷冷地看了江金九一眼，江金九愣了一下，忙让开路。刘亚男迈步朝街对面走去，江金九跟在刘亚男身边，连连抽自己耳光："我错了行不行？刘姐……"说到这儿，他看到自己几个手下跟了上来，忙一瞪眼喝道："跟着我干球？"说完一指还在街边磕头的那个说："打，给我往死里打，打死前把他两只胳膊给我卸下来。"跟上来的几个人一对视，转身将那人拖到个没人的墙角围住拳脚相加，那人只叫了几声便没了动静。

江金九见拦不住刘亚男，忙拿出手机拨了一串号码，心急火燎地等着电话接通，电话通了，他舒了口气："包总，你快帮我说说情吧，刘姐把样品全给我了，说一个星期以后来提货……好……好。"

江金九追了两步，把手机递给刘亚男："刘姐，接个电话，是包总。"

刘亚男这才停下脚步，瞥了眼电话，冷笑了一声："我就说你哪儿来的狗胆，原来和包总勾搭上了。"江金九擦擦额头上渗出的汗，干笑着说："真不敢，你们都是大老板，我们就是跟着混条命活活，您还是……"拿着手机对刘亚男凑了凑。

刘亚男接过电话说："包总，好久不见……呵呵呵……你客气了……那好吧……好。"很快刘亚男就把电话递了回来。江金九捧着电话又寒暄了几句，收起电话小心翼翼地赔着笑脸说："我们边吃边聊吧。"

刘亚男摆摆手，往后看了一眼说："不用了，就这个咖啡厅吧，有点累了，说几句我得上去休息了。"

江金九前后看了看，无奈地叹了口气："好好好。"

两人回到之前的咖啡厅门口，江金九抢在前面，到门前回身对刘亚男说："刘姐等等，我清个场，清静点好谈事。"说完对身后的几个人使了个眼色，几个手下横着膀子冲了进去。刘亚男鄙夷地瞥了江金九一眼，双手抱在胸前极不耐烦地左顾右盼。不多时，咖啡厅里的客人已被江金九的手下“请”了出来。江金九朝里面张望了一眼，满脸堆笑地冲刘亚男做了个“请”的手势。

一进门，江金九掏出一沓现金丢在吧台上说：“今晚这里我包了，别再让人进来了。”马上回身又换回笑脸，将刘亚男请进了包厢。刘亚男找了个舒服的地方坐下，江金九谄媚地递上一支烟，刘亚男抬手推开说：“你的烟我可不敢抽。”

江金九忙说：“刘姐，我怎么敢给你下料？”

刘亚男自顾自地摸出一支烟点着吸了一口：“有事快说，我累了。”抬头见悬空的电视机里放着动画片《猫和老鼠》，将头往沙发上靠了靠，看了起来。

江金九无奈地对包厢外的人摆摆手，很快那个被打得奄奄一息的男人被拖了进来。江金九看了眼刘亚男，骂骂咧咧地朝地上的人狠踹了几脚。刘亚男专心地看着电视，时而抿嘴一笑，似乎对江金九等人视而不见。江金九见刘亚男不为所动，一咬牙说：“好了，把他胳膊给我卸了。”他的手下一听这话顿时愣住了一片，吃惊地看着江金九。江金九一瞪眼：“愣着干什么？这就是对刘姐不礼貌的下场，让你们长个记性。”

那几个手下只好将地上那人的一只胳膊拽直，再次看向江金九，等他最后的命令。那男人早已满脸是血，奄奄一息地说："刘姐饶命，饶命啊。"刘亚男扭头瞥了眼那人，将烟灰掸到烟缸里，接着看电视。江金九呼了一口气，左右看看，从角落里抄起一个灭火器抡了几下，"刘姐，我的兄弟不懂事，我这就卸他胳膊给你赔罪。"说着举起了灭火器，对准那人的胳膊，却迟迟没有落下。刘亚男津津有味地看着电视，被动画片逗得咯咯地笑了起来。江金九咽了口口水，一咬牙将灭火器狠狠地砸了下去，只听到一声骨节断裂的脆响声，那人叫都没叫一声便昏了过去。江金九伸着脖子咽了口唾沫，喘着粗气看向刘亚男，刘亚男依旧不动声色地看着电视。江金九再次举起灭火器，用发颤的声音说："另一只胳膊。"那些人全然没了之前清场时的那股霸气，大气也不敢出地将那人的另一只胳膊拽出来抻直。江金九深吸了口气，正要砸，刘亚男突然说："等等。"江金九一听，如释重负地舒了口气，擦了擦额头上的汗看着刘亚男说："那不行，得罪了亚男姐，该受的罚一定要受，今天你别拦我。"

刘亚男探头往地下看了一眼说："不拦你，可是他人都昏过去了，也觉不出疼，觉不出疼能长什么记性？"

所有人愣在了那里，张着嘴巴呆呆地看着刘亚男。刘亚男抽了口烟，接着看起电视来。

到这一步，江金九反倒平静下来，舒了口气，活动了下脖子和肩膀，眼里冒出一丝骇人的杀气，淡淡地对手下吩咐道：“把他弄醒。”一人拿起桌上开了盖的酒，向那人的头浇了下去。那人打了个哆嗦醒了过来，还没反应过来眼前的情形，五官很快因为疼痛扭曲成一团。江金九不等他叫出声，猛地举起灭火器朝他另外一只胳膊砸了下去。那人翻着白眼脖子朝后一挺，再次昏死了过去。江金九将灭火器丢在一边，抄起桌上的半瓶酒，仰起脖子猛灌了几口，咧着嘴呼了几口气，将瓶中剩下的酒朝地上昏死过去的那个男人的脸泼过去，“昏了，就觉不出疼，觉不出疼就长不了记性，对吧，刘姐。”

地上那人痛苦地扭动着身体，喉咙里发出的声音怎么听也不像是人发出的，令人毛骨悚然。刘亚男将手里的烟按灭在烟灰缸里，皱着眉头说：“这么吵，怎么聊天？”

江金九对手下摆摆手：“你们把他弄走，我和刘姐谈点事。”包厢安静下来后，江金九甩了甩手坐了下来。刘亚男看了眼江金九，笑了笑：“说吧。”

江金九又打开一瓶酒灌了几口，长长舒了口气：“周亚迪回来了。”

“我知道。”

江金九咬了咬嘴唇：“包总的意思是，希望你能和他合作。”

刘亚男斜眼看着江金九，问：“你什么时候成他的说客了？”

江金九叹了口气：“也就是你路过这里，不然哪有机会和你谈？包总很有诚意，他答应不管胡经给你开什么条件他都能翻倍。我是小人物，就是希望能促成这件事，分点汤喝喝。你知道胡经那个人很独，根本不会跟他不熟的人做生意，他拿到配方以后，哪还有我们的事？”

刘亚男一撇嘴：“那和我有什么关系？”

江金九看了眼包厢的门，垂下眼皮，几乎是用低三下四的口气说：“希望亚男姐能赏口饭吃。”

刘亚男想了想，说：“下次吧，这次我已经答应了胡经，答应的事怎能说变就变？”

江金九一听这话，顿时有些慌了，哀求道：“亚男姐，你就可怜可怜我吧，再拿不到好货，我在这儿可就待不下去了。”

刘亚男依然冷冷地说：“我说了，下次。”

江金九还想说什么，抬眼见刘亚男又冷又硬的神色，沮丧地垂下脑袋说：“那就是一点机会也不给了？”

刘亚男站起身：“说完了吗？说完我要回去休息了。如果想要那批样品尽管去拿，明天我要离开，一个星期后回来收货。如果你不要，那我就带走。”

江金九低头沉默了一会儿，偷偷看了几眼刘亚男，突然咬着牙说：“这样的话，那你离不开了。”

刘亚男看了眼江金九，笑了笑："我试试吧。"起身推门走出了包厢。

包厢门外的人有些茫然地看着刘亚男出来，急忙冲回包厢，只见满脸杀气的江金九腾地坐起来，拿起茶几上的酒瓶一把摔在墙角，砸得粉碎。推门正要出咖啡厅的刘亚男听到摔瓶子的声音，冷笑了一下，头也不回地朝街对过儿走去。等江金九带着人走出咖啡厅时，刘亚男早已没了影子。一个手下看着黑漆漆的街道，啐了口唾沫："九爷，你一句话，兄弟们保证把那娘儿们大卸八块。"江金九看了眼说话那人，长长叹了口气，苦笑道："丢人哪，几个大老爷们儿惹不起一个女人……对了，憨娃咋样咧？"

"得养几个月了。"

江金九又叹了口气："送五万块钱过去。"

"真的放那个娘儿们走？"

江金九一脸苦笑说："她连包总都不放在眼里，你觉得我们能拦得住她？"

那个手下沉默了一会儿，说："要不，我们把样品拿来照着做。"

江金九喃喃地像是在自言自语："要是做不出来，一个星期以后她来提不到货，我死都不知道是怎么死的。"

"现在样品在我们手上，我们拿着送给包总去。"

江金九摇头说："这事在我们眼里比天大，在包总眼里不叫事，你觉得包总会因为这点事和刘亚男结梁子？他要这样品是不想那边的其他人把生意搞大抢了他的风头罢了，哪会在乎我们的死活。”

听到这话，那个手下急得一跺脚：“那就这么算了？已经半年没人给我们供货了，这可是我们翻盘的最后机会了，包总不是答应我们只要办成了就给我们供货吗？要是错过了，我们就真的啥都没了。”

江金九摊开手掌，掌心里正是刘亚男留下的那把钥匙，不由得倒吸一口凉气，皱起眉头骂道：“到底是他妈的什么样品？”

宁志走进的这个火车站很小，深夜时分的候车厅里只有稀稀拉拉的几个人木讷地坐在长椅上发呆或打着瞌睡。宁志进去前在外头站了一支烟的工夫，见几个跟他打扮差不多的背包客过来，才跟在他们后面进了站。角落里一个值勤的警察只是抬起头扫了他们一眼，继续翻手中那本杂志。宁志走到售票处，柜台的玻璃窗紧闭着。两个女售票员正趴在桌上闲聊，她们看到了窗外的宁志，并没有停下来的意思。宁志只好敲了敲玻璃窗，其中一个瞥了他一眼，接着跟同伴说话。宁志赔着笑脸凑近玻璃窗：“买票。”

售票员极不情愿地拉开玻璃窗，不耐烦地丢出一句：“车上去补。”不等宁志多问什么就哗啦一声又拉上了窗户，迅速换回笑脸去跟同伴聊天。

宁志无奈地转过身，见警察正朝他看，对警察苦笑了一下。警察说：“一会儿上车去补吧。”

宁志看着墙上的挂钟问：“车还有多久到？”

警察也瞥了眼钟说：“快了，十分钟。”目光就飘回来落到了宁志的包上。宁志知道在警察眼里看谁都可能是坏人，垂下眼皮略一思量，将双肩包卸了下来，提到警察的桌上一放说：“警官，我的包在这儿放一下，我去上个厕所，太大了，带着不方便。”

警察指着西北角的存包处说：“那边是存包的。”

宁志捂着肚子说：“那不还得给钱吗，帮个忙，很快，两分钟。”就要往洗手间走。警察说：“丢了我可不负责。”宁志咧嘴一笑：“没什么值钱玩意儿。”警察说：“丢了是小事，万一有人给你往里面塞东西，到时候你可说不清。”宁志停下脚步转过身，眨眨眼说：“这还有人倒给塞东西？这地方人也太好客了！都塞些什么？”

警察还没答话，长椅上一个操着当地口音的乘客说：“塞毒品啊，搁到你包里头，你不晓得的，等你带过去人家再拿回去，路上要是被查到，你就麻烦了。”

宁志惊讶地张大了嘴巴：“啊？那……那我还是自己带着吧，带着那个被抓住得被枪毙吧？”

“自己看好自己的行李。”警察从桌上拎起包想还给宁志，劲儿使过了，包在空中晃了半圈，“这么大个包这么轻？装的什么东西？”

“都是些换洗衣服。”宁志接过包要拉开拉锁，“我打开你查查。”见警察并没有拦他的意思，只好假装拉锁被卡住，拉倒一半停了下来又来来回回地拉，嘴里嘟囔着：“靠，这破包，又坏了。”

正在这时，车站的工作人员打开通往站台的门喊：“去昆明的排好队，车要到站了。”警察站起身警惕地观察着往进站口移动的几个乘客。两个农民工打扮的人走进大厅，他们背着打包的铺盖，进来第一眼就看向警察，见警察正在查宁志的包，神色顿时慌张起来。警察一眼便看出那两个人脸上的紧张，一边走过去一边指着那两个人问：“你们两个去哪儿？”

那两个人异口不同声，一个说“昆明”，另一个说“玉溪”。

警察冲他俩招了招手说：“过来，看一下身份证。”

那两个人一怔，不仅不跟警察过去，反倒慢慢地往后退了两步，一副要随时逃跑的样子。警察见状，知道遇到了情况，忙喝道：“别动。”那两个人扭头便向外跑，警察跟着追了出去，边跑边用对讲机呼叫支援。

宁志舒了口气，冲警察的背影喊：“警官，我的包还查吗？车到站了。”

警察哪还顾得上宁志，摆摆手三两步冲出了大厅。这车站不大，但站外的广场不小，虽是深夜却被灯火照得亮若白昼。那两个人没头没脑地跑到广场中央，顿时成了整个广场的焦点。四面赶来支援的两个警察和两个保安很快将他们围了起来。两个人见无路可逃，举起双手大喊道："第一次，真的是第一次。"

两个人被带进了车站的值班室后，蹲在了墙角。警察将二人的行李翻了一遍，除了铺盖和随身的衣物用品外没有任何可疑物品，又按照两人的身份证联系了原籍，也没查出一点问题。审问的警察似乎有些失望，将这俩人的证件摔到桌上："没事？没事你们跑什么？"

其中一人偷眼看了看警察，怯生生地说："来……之前……在车站找了个女人……"

警察忍着火瞪了这俩人一眼："走吧。"

哪知那二人对视一下，不敢动。警察说："愣着干什么？赶紧走。"这俩人这才小心翼翼地收拾起东西出了值班室。一人掏出烟用颤抖的手塞进嘴里，连划了几根火柴也没点着，好不容易划着一根，还没来得及点，便听警察在身后喝道："外面抽去。"俩人急忙转身对警察鞠了一躬，三步并作两步地出了大厅，在广场边的一棵树下蹲了下来，又回头看了看，见警察并没有跟来，这才点着烟抽了两口。一人对着树后的暗处说："没事了。"暗处传来一个低沉的声音：“嗯。”接着丢过来一卷钱。二人摸索着捡起那卷钱，借着微弱的光线大概点了点，相互一笑，将钱塞进了衣服，站起身狠吸了几口烟，然后将烟丢在地上踩灭，返回了候车大厅。

一直躲在暗处的那人目送着二人进了大厅，摸出手机拨了一串号码：“送他上昆明的火车了……好的……放心吧亚男姐，这条路咱熟，又都是咱的人，货丢不了。”这时火车开始鸣笛。那人伸出一只手将手机伸向声音传来的方向，长长的笛声通过话筒传到了陕南一家酒店客房内刘亚男的耳朵里。房间内的灯都关着，站在落地窗前的刘亚男看着窗外斑斓的灯火，微微地皱了皱眉头，看了手机屏幕一眼，不耐烦地将电话挂断丢在床上。谁知床头客房的电话又不识相地响了起来，刘亚男上前接起电话：“哪位？”

“不好意思刘女士，打扰了，这里是前台。有位姓江的先生说想见您，说有东西要给您。”

“太晚了，我休息了。”刘亚男挂了电话，走到落地窗前，垂下眼皮略一思量，看着窗外的夜色，嘴角微微翘了起来。

4

第二天清晨，太阳还没有露头，刘亚男便已经洗漱完毕，穿了身轻便的运动服，舒展着肩背来到了酒店的健身区。时间还早，偌大的健身区里只有一对外国夫妇在跑步机上慢跑。刘亚男环视了一圈，就见江金九叼着一根烟从休息区的长椅上站起来，满脸堆笑地迎了上来："亚男姐，早啊。"

刘亚男冷冷地点点头："这么巧？"盯着江金九嘴上的烟皱起了眉头。江金九愣了一下，很快回过神来，侧着脑袋将烟头吐到地毯上用脚踩灭："我在等你。"说着话掏出钥匙双手递了过去。

刘亚男厌恶地看着地上的烟头碎末，没好气地说："不要了？"

江金九伸着脖子咽了口唾沫，指指座椅："能……聊两句吗？"

刘亚男不耐烦地叹了口气："快一点，我赶时间。"

江金九急忙帮刘亚男扶椅子坐好，对门厅处的服务生大声喊道："服务员，来个饮料，最贵的。"说完赶紧换了笑脸，毕恭毕敬地把钥匙放在刘亚男面前："亚男姐，看在以前的交情上……"

刘亚男急忙打断他："我们没什么交情。"

江金九有些尴尬："不管怎么说，我们也帮你带过货。"

刘亚男淡淡地说："我付过钱的。"

江金九连连点头："是是是，而且亚男姐出手大方，我来一是还钥匙，二是希望亚男姐能给我指条明路。"

刘亚男打量了几下江金九，笑了：“这种事，你应该找包总。”

江金九的脸僵了一下，挤出一丝笑说：“我们这种小人物哪有机会见他，自从周……周家在那边倒了台，我们就像丧家狗一样到处不受待见，胡经……胡哥也信不过我，不愿意发货给我。这已经一年没进账了，我们这么多弟兄都要吃要喝的。”

“一年没进账，你的人还愿意跟着你，你九爷有本事。”

江金九哭丧着脸说：“姐姐啊，你就别挖苦我了，不过话说回来，我这帮弟兄都仗义，所以，只要亚男姐给条路，我们这些人的命就是你的了。”

听到这儿，刘亚男眼前一亮，抬起眼皮看了眼江金九，咂摸了一下嘴，面露难色地说：“可你们是包总的人，我说多了，不合规矩吧。”

这时服务生端着托盘走了过来，江金九不等服务生走到桌前，上前两步将托盘上的饮料取了下来。服务生愣了一下，只好将玻璃杯放在桌上便离开了。江金九拿着饮料瓶拧了两下愣是没拧开盖儿，脸上不觉有些尴尬，憋了一口气抻着脖子使足了劲儿，憋得脸红脖子粗，瓶盖儿还是纹丝不动。刘亚男从江金九手中接过饮料，手掌在瓶底轻轻拍了一下，然后用三根手指就将瓶盖儿打开了。她缓缓地将蓝色的汁液倒进玻璃杯，端起杯子抿了一口：“嗯，味道还不错，什么牌子？”伸手拿起瓶子去看标签。

江金九甩着手腕赔笑道："最贵的，肯定是进口……"话没说完，就看到了饮料上的中文标签，愣了一下，赶忙改了话题："包总就是听说你路过这里，想让我试试看能不能说动你。他答应我只要说动了你，就给我供货，我没别的办法，只能不知死活地试试看。昨天晚上，我一时着急说了不该说的气话，亚男姐千万别介意。我也知道这事我办不了，正好你在这儿，为了我那帮弟兄，我不能放弃这个机会，只要你亚男姐一句话，就救了我们了。我江金九是诚心诚意地求亚男姐给指条明路走的，你就当是做善事可怜我们吧。"

比起江金九的话来，刘亚男好像对那瓶饮料更感兴趣，她仔仔细细地去看瓶身上的字。江金九也不敢再催，沉默了好一会儿，刘亚男才说："这样吧，带两个人帮我一起把这批货送到地方，我介绍个新老板给你，看看他愿不愿意帮你。"

江金九喜出望外，急忙站起来给刘亚男鞠躬："谢谢亚男姐，大恩大德……"

刘亚男伸手打断了他的话，站起身："行了，去把货拿来，我们走。"

"现在？"江金九迟疑了一下直起腰，抬头一看，刘亚男已走到一台跑步机前，调好设置上了机器慢跑起来。江金九如释重负地擦了擦额头上的汗，举起刘亚男喝剩的饮料一仰脖，咕噜咕噜全灌进了肚里。

江金九像是生怕刘亚男反悔，一直陪着刘亚男锻炼完，又陪着吃完早餐，候在刘亚男的客房外等她洗澡换完衣服提着行李出来，毕恭毕敬地接过行李，才赔着小心问：“没……没啥变化吧？”

“什么变化？”刘亚男满脸茫然。

江金九笑着说：“没……没啥，车准备好了，亚男姐，这边请。”

刘亚男随江金九走出酒店，一辆车正停在酒店旋转门的门外，车的轮眉上还在滴着露水。江金九小心翼翼地将刘亚男让到后座坐好，自己钻进副驾驶的位子，将车门一摔，指着前方对司机说：“走！”

江金九坐在副驾驶位子上，脸上忍不住一直洋溢着喜悦之色，他不断讨好地回头对后座的刘亚男兴致勃勃地介绍着路边的风景。刘亚男默默看着窗外，也不知道有没有听进去江金九的解说。一直出了城区，江金九见刘亚男根本不理会他，尴尬地笑笑说：“亚男姐，我多句嘴，不知道你给我引荐的老板是哪位？”

刘亚男依旧盯着车窗外：“胡经。”

江金九听到这个名字一愣：“可是……胡哥一向不信任外人的。”

刘亚男像是想起什么，问道：“对了，你也知道周亚迪要回去了，以前你一直和他们家合作，为什么不去找他？”

江金九一撇嘴："别提了，就是因为以前一直接他们家的货，所以他倒台以后所有人都不发货给我们。现在胡哥和包总在那边势力那么大，他回去能管什么用？而且我听说……我听说那边几个老大都在准备要他的命了。"

刘亚男笑了："你消息很灵通嘛。"

"圈子就这么大，有点什么事还不是传得到处都是。"

"我只负责介绍你们见面，至于到时候他愿不愿意跟你合作，那还要看你自己。"

江金九把胸脯拍得山响："知道，就这已经是天大的恩情了，我老九再没本事，出货速度还是数一数二的……再说是你亚男姐介绍的，这面子谁也比不了。"

"怎么，你不怕他见到你杀了你？你以前可是周家的人。"

江金九又是一愣，忙赔着笑脸，有些含糊地说："怎么会怎么会，亚男姐的面子，胡哥不会不给吧？"

刘亚男笑了笑没有回答他这个问题，问道："多久能到？"

江金九见没有得到答案，有些心不在焉："我和我这个兄弟换手开，明天天亮以前就能到。"

刘亚男取了一支烟叼在嘴上，江金九立刻帮她点着，小心翼翼地看着刘亚男的脸色："想不到能和亚男姐一起做事，三生有幸，三生有幸啊……对了，胡哥……不会那么介意我以前给周家干过活儿吧？”

刘亚男说：“见到他不就知道了。”

江金九一听有点慌，可见刘亚男似乎并不想在这个问题上纠缠，只好坐了回去。他心神不定地摸着下巴，好半天终于鼓起勇气回头，却见刘亚男已靠在椅背上闭上了眼，只好作罢。

一过秦岭，气候明显变暖，两旁的植被也由荒芜的枯黄色变成暗绿色。蜿蜒的盘山公路仿佛一条黑色巨蟒安静地缠绕着群山，当海拔超过两千米时，之前飘在天空中的云朵渐渐地沉了下来，就浮在不远的前方，好像爬过下一个弯道便触手可及。江金九根本没有心思欣赏这难得的景色，时不时地偷偷回过头看后座的刘亚男。不知多少次，他再次回过头时，闭着眼的刘亚男突然说：“你要是怕，就回去吧。”

江金九以为刘亚男睡着了，这一开口说话把他吓得一激灵。一股血直冲脑门儿烧红了整张脸，毕竟被人，尤其是一个女人当众揭穿自己心里那点事，是件很没面子的事，哪怕那个女人是刘亚男。江金九干咳了两下，抓抓腮帮子说：“亚男姐，我还是想跟着你混。”

刘亚男依旧闭着眼默不作声，以至于江金九开始怀疑刚才听到她说话是自己的错觉。正当他迟疑之际，刘亚男睁开了眼，看了江金九一眼，微微一笑：“我不喜欢那个‘混’字。”挥手把江金九嘴边的解释挡了回去，接着说：“而且，我习惯单干的。”

江金九索性探过半个身子，“亚男姐，别人你可以信不过，但我老九这么多年……”说到这儿他停了下来，扭头看了眼这一路上都默不作声的司机。这个小动作落到了刘亚男眼里，她笑了。江金九一伸脖子，拍拍司机的肩膀：“这是我最信得过的兄弟了，跟了我六七年，今天不妨交个底。一直以来周家愿意给我供货，不光是因为我出货快，最主要是因为我靠得住，每年我都会弄个缉毒警交给他们，而且由周家点名，点到谁，我就把谁给他们弄过去。这事，连我这个跟了我最久的兄弟也不知道。”说着又拍了拍司机的肩膀。

刘亚男淡淡地瞥了江金九一眼，若有所思。

江金九见托出这么大一个秘密居然还是没有打动刘亚男，不禁有些慌乱：“亚男姐，这事警察迟早会知道，现在周家又倒了，如果胡经那边再把我当仇人，那我真是死路一条了，你帮帮我吧。”

刘亚男摸出瓶水打开喝了一口，不紧不慢地说：“其实你不用太担心，你刚入行的第二年，就杀了跟你抢生意的陈大嘴一家。四年前你发现陈大嘴还有个私生女，又跑去把人家绑到山里，从此没了影子，我估计连全尸都没了吧？”刘亚男说得轻松，可江金九不轻松了，瞪圆了眼睛不可思议地看着刘亚男。只听刘亚男接着说：“一年前，你听说宝鸡有个人从周家接了一批货，你瞒着周家，又去给人灭了门。你这股狠劲儿，胡经恐怕也自愧不如，我觉得他知道了这些应该挺欣赏你的。”刘亚男见江金九瞠目结舌的样子，皱了皱眉头：“怎么了？”

江金九咽了口唾沫：“亚……亚男姐，你怎么知道得这么细？”

刘亚男笑了笑，“你以为把帮你干脏活的人都清了，就天不知地不觉了？”话锋一转，“我有点纳闷儿，这种事你为什么还瞒着大家？大张旗鼓地干，干完了以后不就没人敢招惹你了吗？”刘亚男说完顿了顿，突然一拍司机的肩膀：“小兄弟，你说是不是？”

那个司机正全神贯注地听着，本来神经紧绷，冷不丁被人一拍，吓得浑身一颤，车头一偏朝路肩冲去，好在他反应快，及时扭正了车身，不然从这种地方摔下去，肯定车毁人亡。刘亚男笑着扫了眼江金九，接着对司机说：“九爷说你是他最信得过的人，我信，九爷对你是真好，这么多事都没让你知道，就是为了保护你，你要是对不起他，我第一个不会放过你。”

那个司机连连点头，额角渗出黄豆大小的汗珠，一颗接一颗顺着腮帮子往下淌。江金九好半天才回过神来，用颤抖的手点了支烟，默默地抽了好几口，才擦擦额头上的汗说：“你说，胡老板真的会欣赏我吗？”

刘亚男笑着点点头：“我觉得会。”

江金九如释重负地舒了口气：“你这么说我就放心了，亚男姐，我不会忘了你的恩情，我这辈子……”

刘亚男打断他说：“好了，好听的话留着说给胡经吧。”说完靠回椅背闭上了眼睛。江金九回头看看刘亚男，把想说的话咽了回去，缩回脖子坐正，就听刘亚男懒洋洋地说：“你要是想灭我的口呢，这个地方不错。”

江金九像是被电到了一样，浑身一震，嘴唇哆嗦了半天，急忙挣起来探着身子说：“亚男姐，可不敢开这玩笑，我老九……”闭着眼的刘亚男伸手打断了他的话，江金九不敢再说，擦擦脖子上的汗坐了回去。他靠在椅背上，脖子上的颈动脉突突地跳着，失魂落魄的双眼直勾勾地望着车外苍翠的群山。

四
金三角，我来了

1

此时的北京大概是最萧条的时候，所有的植物都干巴巴的，好像它们从来都不曾绿过，即便是那些公园里常绿的针叶树木也像是走到了生命的尽头，加上落满了灰土，更显得死气沉沉。只有到了晚上，夜幕将一切笼罩，华灯初上，霓虹闪烁，才让在冬天蛰伏的人们感受到一点生气。然而，这一切对徐卫东而言只不过是办公室窗帘后面的一个背景而已，屋里的灯都关着，借着外面微弱的光线，除了会客区的一排沙发，其他基本都隐藏在黑暗中。他站在窗前，窗户开了一条缝，冷风顺着那条缝呼呼地钻进来，像刀子一样锋利。徐卫东两手搭着窗沿，窗台下暖气片释放出的热气暖烘烘地温暖着他的手心。等手心存了一些热气，他便交错双手互相揉搓，将那些热气均匀地涂抹到冰凉的手背上。他不停地重复着这个动作，时而会收回远眺的目光，看一眼手表。当手表的指针指向十点时，响起了敲门声。他回头看了眼办公室的门，想了想走了过去，拉开门。门外的老叶小心地观察着徐卫东的脸色，显得有些紧张。徐卫东让开身子："进。"

老叶点点头，走进了徐卫东的办公室，轻车熟路地走到会客区的沙发边，但还是像是第一次来似的，打量着徐卫东办公室里的布局，以此缓解自己的紧张。等徐卫东关好了门，老叶问道："吃过了吗？"

徐卫东看了眼老叶，没有接他的寒暄这茬儿，开门见山地说："确定了，我这边前两个月派去那边的三个人，都牺牲了。"

老叶反应了一下，思路很快回到正题："牺牲……是暴露还是……"

徐卫东指指沙发，又指了指茶几上的烟和泡好的茶。老叶会意地坐在沙发上，点了支烟，端起温度正好的茶喝了一口。徐卫东坐在老叶的对面揉着太阳穴说："周亚迪要回去了，帮派之间斗得很厉害，枪战死伤在所难免。"

"详细情况掌握了吗？"

徐卫东轻轻摇摇头："宁志暂时还没有消息？"

老叶看了眼徐卫东，小心地说："应该……已经逃脱了。"

徐卫东皱了皱眉头，抬起眼皮看着老叶："你还是认定他是变节？"

老叶避开徐卫东的目光，端着茶杯说："至少他没有按照计划行事，完全摆脱了我们的布置……我现在担心安排过去的其他人会因为宁志而暴露。"

徐卫东默默地点了支烟，将自己隐没在黑暗里，只有一个烟头忽明忽暗。老叶低头沉默了一会儿，清了清嗓子，挺起胸脯说："这是你我首次合作，现在却搞成这个样子，宣布失败吧，咱们重新研究研究。"

徐卫东在黑暗中说："我不同意。"

老叶想了想，说："不管怎么样，我要重新部署，两个月，就两个月，两个月之后我要施行新计划。"

徐卫东从黑暗中探出身子，看着老叶说："我们要相信自己的战士。"

"你这是感情用事。"老叶避开徐卫东的目光，像是鼓足了勇气说出这几个字，但说话的声音还是越来越小。

徐卫东再次将自己隐没在黑暗中，烟头亮了一下，说："我还有牌。"

云南的深山里，一列火车像条巨龙呼啸着一头扎进前方的一个隧道中。宁志抱着背包蜷缩在这条巨龙身体中的一个角落里昏昏欲睡，他用身体将背包挡在身后的角落里，脑袋鸡啄米似的点着，打着盹儿。一个列车员从前一节车厢走来，一边避让着过道里东倒西歪的旅客，一边大声喊："还有少量卧铺，有需要的乘客吗？卧铺，卧铺。"角落里的宁志浑身一激灵，清醒了过来，第一时间检查了一下身后的背包，然后用力搓了搓脸，眯着眼睛打了个哈欠。那个列车员走到车厢连接处："卧铺，卧……"一低头扫了眼睡眼惺忪的宁志，停止了吆喝，走到下一节车厢，继续吆喝起来。宁志刚站起身伸了个懒腰，就感觉有人拍他的肩膀，回过头一看，是一个警察。那警察叼着一支烟对宁志晃了晃拇指："借个火。"

宁志摸出打火机递到警察面前，警察没有接打火机，而是递给宁志一支烟。宁志犹豫了一下，还是接了过来。警察点着烟抽了一口，将打火机还给宁志，伸着脖子看了眼黑漆漆的车窗外，随口问："哪儿下？"

宁志点着烟，说："终点，昆明。"

警察点点头，看着车窗外默默地抽着烟，不再言语。宁志说："你们乘警也挺辛苦的，一天到晚都在火车上。"

警察看着窗外，摇头笑笑："不，我不是乘警，我是出差的，和你一样，乘客。"

宁志点头，低头用余光扫了眼脚下的背包。警察打量着宁志问："你去昆明是……打工？"

宁志摇摇头："不，打算从昆明出发，去拉萨。"

警察似乎来了兴趣，再次打量了一下宁志，目光落到他脚下的背包上："哟，徒步？"

宁志点点头，抓起地上的背包，拉开拉锁，从里面拿出一瓶水递给警察："喝点水？"

警察朝包里扫了一眼，摇摇头："我这两天胃不行，得喝热的，你喝你的。"宁志将敞着口的包丢到脚下，拧开矿泉水灌了几口。

警察皱皱眉，问道："昆明到拉萨？这个季节合适吗？"

宁志眼睛一亮，说："这个季节风景更独特……对了，我小时候就想当警察，除暴安良、主持正义，后来没考上，视力不达标。"说着笑了起来。

警察似乎对这个话题并不感兴趣，淡淡地应了句："是吗？那太可惜了。"

宁志凑近警察，神秘兮兮地问："你是刑警？"

"不，缉毒警。"

宁志一口气没捯顺，咳了几下："这烟好呛。"

警察看着宁志说："这烟挺淡的。"

宁志又喝了一口水，吸了吸鼻子说："可能有点感冒了，在这里窝一天了。"

警察低头看着宁志的背包："对了，你们徒步都特别讲究装备，能不能给我介绍介绍，将来我有时间，也可以来一圈。"说着蹲下身指指背包说，"能看看你的装备吗？"

宁志一下来了精神，抓起背包打开："随便看，不过我这里什么都没有，打算去昆明置办的，这里面学问可多了，千万不能迷信大牌……"这时走过来一个乘警，在宁志和警察身边停了下来，摸出一支烟点着抽了一口，看着蹲在地上的警察，问："出差？"警察笑着点点头，用手指撩开宁志的背包口，朝里面看了看，站起身掸掸手说："出趟差。"乘警迟疑地看着警察和宁志："你们这是……"那警察看了眼宁志："抽烟随便聊两句。"说着解开上衣口袋拿出证件："这是我的证件。"乘警忙摆手："还用看证件？干这行的，就算你不穿制服，我照样一眼就看得出来。"警察将证件塞回口袋，对乘警点点头。乘警打量着宁志问道："你是去哪儿？在这儿一天了吧？"

宁志笑着说："昆明，徒步去拉萨。"乘警看了眼警察，又看看宁志，猛抽了几口烟，把烟掐灭："你们聊，我还得去转转。"警察说："你忙你的。"

乘警离开后，警察掐了烟对宁志说："谢谢你的火。"

“不客气，不还抽了你的烟吗？”

警察笑了笑，回了车厢。宁志这才长舒了口气，靠在车门上确定警察离开后，蹲了下来，从后腰将那个装着样品的油纸包取出来塞进背包，用杂物掩盖好，就那么敞着口放在身边。这时那警察返了回来，手里多了一杯热茶。警察将那杯热茶递给宁志说：“喝点热的，不是有点感冒吗？别严重了耽误了行程。”

宁志急忙起身双手接过茶杯连声道谢。警察看着宁志的腰带说：“你这个腰带很别致，我能看看吗？”宁志愣了一下，忙说：“没问题，你帮我拿下杯子。”

“不用，我就这么看看就行了。”警察说着话撩起了宁志的衣服，围着宁志转了一圈，“嗯，不错，哪儿买的？”

宁志笑着说：“警官，你是怀疑我带着什么不该带的东西吧？”

警察也呵呵笑了，不置可否，“那茶趁热喝，我座位就在里面，下车把杯子还我就行。对了，还有方便面，一会儿我泡好给你来一碗。”

宁志点点头，说：“谢谢，不用了。”

警察扭头走到车厢门口，又停了下来，回头说：“别往心里去，职业病。”

宁志捧着那杯热茶慢慢地蹲了下去，或许是因为茶杯腾出的水汽，或许是因为想起了什么，他的眼睛渐渐蒙上了一层薄雾，久久不散。

火车快要到达终点站昆明时，车厢内多出了不少空位。连日的奔波已经将宁志的体力和精力消耗殆尽。除了背包里那包所谓的样品之外，他几乎感觉不到自己肉体的存在。几次他想去车厢找个座位坐下来，能让身体稍微舒服点，但想到自己连那个警察什么时候下的车都不知道，难免暗暗心惊。他不记得到底是哪一次居然睡得那么沉，好在背包里的货还在。正因如此，他担心舒适的姿势会让自己意志放松，出了什么差池导致前功尽弃，所以更不能坐到座位上去。这次任务他必须成功，不仅仅是任务本身事关重大，他更希望这次成功能够为他在上级那里积攒一些信用，从而能够为担保秦川重新归队加一份筹码。想到这里，他又点了一支烟，大口地抽着。因为不停地抽烟，他的口中早已满是难忍的苦涩辛辣的味道。看着自己僵直的手指间夹着的那支烟，他想可能以后都不想再抽烟了。

当火车驶达终点站缓缓停下的时候，宁志扶着车门一连试了几次，愣是没站起来。车门打开后，他一咬牙，使足了劲终于站起身来。宁志背着背包下了火车，一脚踩空，一个跟头摔倒在站台上。他顾不得许多，挣扎着从地上爬起来，对赶上来帮忙的列车员笑着摆摆手："腿麻了。"

而车上那个警察不知什么时候换了一身便装，站在一个摆放垃圾桶的角落里，他眼看着宁志从车上下来消失在人群中，将一个装着警服的袋子丢进垃圾桶，随后拿出手机拨了一串号码："大姐，送到昆明了。"说完也慢慢朝出站口走去。

与此同时，在中缅边境一个村庄漆黑崎岖的小路上，一辆车几乎是悄无声息地缓缓行驶着。车在一个院落前停了下来。江金九先跳下车，拉开车门把刘亚男请下了车，司机将车停好，拎着一个包跟在他们身后，警惕地左右张望着。

刘亚男用手机在门上敲了几下，院内的灯瞬间亮了起来，灯光被门缝挤压成笔直的一竖条，正好打在刘亚男的身上。刘亚男看着门缝底的一个人影走近大门，那人低声问："谁？"

刘亚男轻轻地说："开门。"

门从里被打开，一个二十多岁的男人伸出脑袋看了刘亚男等人一眼，侧过身子做了一个"请"的手势。顺着他的手看去，院内屋前台阶上站着两个男人，五六个壮汉簇拥在那两人身边。那两个男人一个看上去不到四十岁，满脸的兴奋。另一人足有六十多岁，花白的头发稍稍有些凌乱，鼻梁上架着一副眼镜，看起来斯斯文文，尽管他站在那里没动，但明眼人还是能看出，他的肩膀不平，因为一条腿比另一条短了一截。

刘亚男对司机使了个眼色，司机赶紧将手里的包送到刘亚男手里。刘亚男接过包，递到那个满脸兴奋的男人面前，始终一言不发。那个男人扭头对身边学者模样的老者说："王工，你的活儿来了。"王工推了推鼻梁上的眼镜，一瘸一拐地走过来接过刘亚男手里的包，像是得了什么宝贝，也不理会其他人，转过身一瘸一拐地进了屋。

留下的那人脸上的兴奋劲儿更加夸张，朝刘亚男伸开双臂做出要拥抱的样子。刘亚男笑了笑，将那男人的手拨开进了屋，随后又退了出来，指着那人对江金九说："忘了介绍，这是胡经胡老板。"

胡经双臂依然伸着，看着江金九和司机，一撇嘴："我不认识你们。"他话音刚落，左右手下掏出枪对准了江金九和司机。

江金九伸着脖子朝屋里张望，却看不到刘亚男，忙对着胡经鞠了一躬，小心翼翼地说："胡哥，我是江金九。"

胡经转了转眼珠想了想："还是不认识。"

江金九擦了擦脖子上的汗，说："是亚男姐带我们来的。"

胡经冷冷哼了一声，收起双臂扭头进了屋。他的手下将江金九和司机按在墙上仔细地搜了一遍，这才不情不愿地将二人连推带搡地"请"进屋。

屋内的一张桌上摆满酒菜，刘亚男正坐在桌前揉着脖子："好久没坐这么久的车了。"

胡经从手下手中接过茶水，站起身满脸堆笑毕恭毕敬地给刘亚男面前的茶杯倒茶："亚男姐辛苦了，先喝点茶。"倒完茶，他放下茶壶又拿起筷子帮刘亚男夹了点菜，指了指身后的江金九和司机问道："这是亚男姐送我的礼物？"

刘亚男眼皮也没抬说了句："算是吧。"端着茶杯喝起茶来。

"谢谢。"胡经满脸笑意地转过身招呼江金九和司机说："都没吃吧，一起吃点？"

那两人看着桌上的饭菜咽了咽口水，江金九说："不客气，我们不饿。"

胡经打量着江金九慢慢地说："江金九，九爷是吧？"

江金九连忙鞠躬："不敢不敢。"

胡经用筷子指着自己的鼻子问道："你认识我吗？"江金九迟疑地看了眼刘亚男，见刘亚男并没有理会自己，试探着说："胡……胡哥吧？"胡经又问："你见过我吗？"江金九咽了口唾沫："没有，不过亚男姐……"又看了眼刘亚男，不敢再说下去。

刘亚男放下茶杯，拿起筷子看着桌上的菜，说："他以前是给周家出货的，现在想投靠你。"

江金九如释重负地舒了口气，连连点头称是。

胡经点点头："亚男姐发话了，谁敢说不。"他抬手指着江金九说："你叫江金九。"不等江金九回话，又手指一偏指着司机问："你叫……"那司机正要答话，胡经抬手拦住说："让我猜猜。"他上下打量着司机，掐着手指口中念念有词："嗯，你应该姓……赵钱孙李周吴……郑，你姓郑对不对？"

江金九和司机都愣住了，江金九瞪着眼睛说："胡哥，这也能算出来？"

刘亚男看了眼胡经，又看看司机，微微地皱起了眉头。胡经看着司机微笑着说："你算是来对地方了，怎么样，看到我是不是很开心？"

司机不知胡经葫芦里卖的是什么药，木讷地点点头。胡经呵呵一笑："现在就开心是不是早了点？到这里见到我是第一步，有本事把我抓住，安安全全地走出这道门，你这事才算是成功了，对吧，郑警官。"

胡经口中"郑警官"三个字一出口，别说江金九，连刘亚男都大吃一惊。那个司机的脸色顿时变得惨白，胡经手下一拥而上三下五除二将他按倒跪在地上。胡经歪着脑袋看着江金九说："九爷，他跟你多久了？"

江金九像是被人从头泼了一桶水，脸上、脖子上大颗的汗珠不住地往下淌，结结巴巴地说："误……误会吧，他……怎么会是警察？"说着话腰越来越弯，头越来越低，说是鞠躬，头差不多快碰到坐着的胡经的膝盖了。

胡经用筷子挑起江金九的下巴，看着他的脸说：“你以为姓周的是毁在我手里？他是毁在他自己手里。”扭头看着被按倒跪在地上的司机说，“他真的是警察，从你还给周家发货的时候我就知道，不信你问他。”

胡经站起身安慰似的摸了摸江金九的后脑勺儿，眉头一皱，举起手来见手心全是江金九的汗水，嫌弃地咧咧嘴，伸手在身边一个手下的衣服上抹了抹，一扭头指着江金九骂道：“你有这么热吗？黏黏糊糊的出这么多汗，所以我讨厌胖子，你他妈是冰激凌要化了吗？”他越说，江金九的汗越是往外冒，两条腿也哆嗦起来，头也不敢抬，不停地念叨着：“亚男姐，求你帮我给胡哥求个情，我真的什么都不知道啊。”

刘亚男叹了口气，问道：“胡经，你说的是真是假？”

胡经满脸委屈，“亚男姐，我怎么敢骗你？”扭过头看着跪在地上的司机说：“郑警官，都到这份儿上了，就说说吧。”

刘亚男站起身，不等所有人反应过来便从胡经手下手里夺过一把枪，转身枪口对准了江金九。江金九脚下一软，扑通一声跪倒在地：“亚男姐，我真不知道他是警察，他跟我六七年了。”

胡经上前按住刘亚男的枪：“亚男姐别生气，他是冲我来的，我来处理好了。”他蹲下身对江金九说：“他跟你之前，你每年得赚七八百万吧？他跟了你之后，差不多一年少一百万，今年干脆连锅都揭不开了，你以为这是我害的？”

江金九略一思量，像是明白了什么，看向司机说：“你说话啊，你是不是警察？”那个姓郑的司机垂着头不吭声，江金九大声喝道：“你他妈的说话！”司机这才抬起头看着胡经说：“栽在你手里我知道是什么下场，别废话了。”

江金九一屁股坐在地上，呆呆地看着司机喃喃说：“你他妈真是警察？”顿了一顿，大吼一声向司机扑去，但立刻就被胡经的人按在地上动弹不得。

胡经上前一把掐住司机的脖子，将脸贴近司机的脸冷冷地说：“其实我根本不认识你，我只知道他手下有个警察姓郑，赌了一把，赢了，最近我运气特别好。”他笑着松开司机的脖子，突然猛地将手中的一根筷子折成两截，用断口的斜刺对准那司机的脖子，硬是将折断的半根筷子全部刺进了司机的脖子。那个司机，应该叫他郑警官，瞪着胡经，捂着脖子，喉咙里发出呼噜噜的声音，血泉水般地从嘴里涌了出来，随后侧倒在地上抽搐起来。

胡经站起身对手下摆摆手：“拖到后面，老规矩。”说完一脚跨过被刚才这一幕吓得趴在地上目瞪口呆的江金九，从桌上拿了一沓餐巾纸擦着手上的血。

这时王工从里屋走了出来，对满地的血迹视而不见，冲胡经说：“胡哥，我大概看了下，这个样品的成分……”

胡经伸手将他的话打断："简单一点，你一定要时刻记得我是个文盲。"

王工扶了扶眼镜说："样品太少，验出配方有点困难。"

胡经扭头看向正端着汤碗喝汤的刘亚男。刘亚男不紧不慢地又喝了一口汤，放下汤碗，拿了张纸巾擦擦嘴，说："还有一包在路上。"

胡经哈哈一笑："亚男姐真是周密，我真是太爱和你一起做事了。"

刘亚男扫了眼地上的江金九，苦笑着摇摇头，"之前我还当得起这个周密，从今往后……"起身站到江金九身边说："胡哥，你见到了，剩下的事靠你自己了。"

江金九抹了把脖子上的汗，颤巍巍地抬起头："谢谢亚男姐。"然后看向胡经说："胡哥，刚才的事我真不知道，没想到第一次见面就带来个警察，要打要杀，我没话说。"

胡经像是突然想起什么，对着那几个按着江金九的手下喝道："你们押着九爷干什么？让九爷坐。"

几个人这才放开江金九。江金九哆哆嗦嗦地站起来，小心翼翼地看着胡经动也不敢动。胡经用嘴努努一旁的椅子："请坐。"

"谢谢胡哥。"江金九无力地垂着脑袋，慢慢地坐到椅子上。

胡经笑笑，说："不知者无过，这个道理我明白，所以姓郑的警察的事不能怪你。”

江金九擦擦额头的汗，抬起头感激地看着胡经说：“谢谢胡哥。”胡经问：“对了，你找我干什么？”江金九正要开口，胡经伸出一根手指指着他，一字一顿地说：“说实话。”江金九咽了口唾沫：“我想……”胡经再次打断他：“记住，要说实话哟。”江金九的呼吸渐渐急促起来，忍不住看了眼地上的血，额头上的汗珠越来越密集，突然他“扑通”一声跪在胡经脚下：“胡哥，我错了，是周亚迪，他让我想办法接近你，混到你身边的。”然后不停地给胡经磕起头来。

胡经忍不住笑了，扭头看向刘亚男，得意地耸了耸肩。刘亚男看着还在不停磕头的江金九，苦笑着摇摇头。

胡经伸出一只脚垫在江金九磕头的地上：“起来，我问你，你见过周亚迪？”

江金九从地上爬起来，摇摇头：“没有，他派来一个人和我说的。”

“派的谁？”

“洪古。”

胡经呵呵一笑，仔细打量着江金九的脸：“看来他真的好器重你，居然派洪古和你谈，你和洪古怎么联系？”

江金九叹了口气：“都是他找我。”

胡经抓了抓头："那你让我拿你怎么办？周亚迪，你没见过。洪古，你找不到。放了你，你是周亚迪的人；留下你，你还是周亚迪的人。"他为难地摇摇头，冲刘亚男用商量的口气说："好像只有死路一条了？"

江金九脚一软瘫坐在地上："胡哥……"

胡经一回头，一眼没看见江金九，低头一看，人瘫到地上了，有些不耐烦地咂了下嘴，食指竖在嘴唇前："嘘，安静，你让我想想。"

江金九满脸惊恐地看向刘亚男，只见刘亚男若无其事地拿着锉子在修指甲。江金九喉头快速地上下动着，目光慢慢移到了刘亚男的脖子上，眼珠微微一转，低下头瞄向地上被胡经丢掉的半根筷子。正在他琢磨的时候，一只女人纤细的手捡起那半根筷子，江金九一惊，猛地抬头，见刘亚男笑吟吟地看着他，拿着那半根筷子递到他面前。

胡经"扑哧"一声笑了，他的手下也跟着笑起来，一时间屋里一片欢快的笑声。江金九一咬牙，突然蹿起身抓起桌上的一个碟子摔碎，另一只手箍住刘亚男的脖子，用碟子锋利的断面抵住了刘亚男的脖子，颤声说："别过来，不然……"

他话音未落，就觉得手腕一紧。刘亚男一手攥住他握碟子的手，另一个胳膊肘狠狠地朝他的软肋击去。江金九手一松，碟子碎在了地上。刘亚男反手用臂弯箍住江金九的头，腾空跳起转了一百八十度。江金九的脑袋硬是在她臂弯里转了半圈，颈椎“嘎巴”一声，断裂开来。刘亚男双脚落地，一松手，江金九一摊泥似的瘫倒在她的脚下，没了呼吸。

胡经和手下人目瞪口呆地看着刘亚男，久久合不上嘴。

2

每逢春节前，辛苦了一年的人们会带着收获回家过年，同样希望能带着钱物回家过年的还有犯罪分子。所以这个时候，各长途汽车站、火车站和码头这种地方越发鱼龙混杂，警方按例会加强对这些地方的警力和巡逻。这对此刻的宁志不是个好事，他站在昆明的一个长途汽车站门口，发了愁。车站内巡逻的警察很多，盘查乘客的频率特别高，基本上每个单身的旅客，不论男女都会被询问、检查行李。

宁志皱了皱眉头，离开了车站，走到一家专卖户外装备的店面前停了下来。店内迎出一个导购，热情地邀请他到里面看看。他正准备往里走，被橱窗里模特儿身上的那件衣服吸引了注意力。他指着模特儿身上的标签问导购：“这件上衣是180块，还是1800

块？”导购笑吟吟地说：“这件原价2300块，现在春节打折，只卖1800块，您可以进来试试看。”宁志插在口袋里的手捏了捏为数不多的钱，皱起眉头想了想：“你们这个牌子我没听过。”导购说：“我们这个牌子是国产的，可遵守的是欧洲标准，我们的厂家是专门承制欧洲大牌户外装备的，品质没话说。”

宁志满脸嫌弃地摇摇头：“算了，我还是选个熟悉的牌子吧，这种东西不能马虎，谢谢你。”

离开那家店，他很快找到一家人流熙攘的商场，还没进门就听到里面各种不同的口音通过扩音器大声喊着打折的信息。不到二十分钟，一身户外装扮的宁志从商场里走了出来，随身的背包也换成了一个大双肩包，怎么看都是一个标准的徒步旅行者了。他走出商场后又买了一些水和食物塞进包里，将背包在身上固定好，抬头看了眼天空上飘浮的云朵，深深呼了口气，埋头朝西南方向走去。

市区渐渐被他甩到身后，笔直的公路延伸进群山之后便被扭曲得如同一条蛇。路上的车辆越来越少，他的眉头却越来越舒展，背着包在山路上穿行，不时被路边风景吸引，拐过一个弯之后，一个开阔的观景平台出现在他的眼前。清凉的山风带着植物的清香迎面扑来，瞬间将他连日来的疲惫一扫而光。他三步并作两步跑到观景台的边缘，脚下是一条数百米深的大沟，沟底一条不知名的江奔流而下，耳边没有山风掠过的时候能听到江水奔流的哗哗声。他伸开双臂抬起头，阳光从云的缝隙间照耀到他洋溢着幸福的笑脸上。那一刻他感受了幸福，那是一种奔波在他乡时不经意间闻到童年时从厨房里飘出的饭菜香味的感觉。他不记得上一次如此舒展得走在阳光下是什么时候了，应该是在训练基地。他和秦川、郑勇在听到训练结束的哨音后，四仰八叉地躺在沙地上，一边眯着眼睛看西沉的落日，一边吞咽着口水猜食堂晚饭的主菜是什么。秦川和郑勇基本上每次盼着的都是烤羊腿，而且每次说完，他们两人的肚子都会咕噜噜一阵叫。想到这儿，宁志不由得笑出了声，笑着笑着，低下了头，笑声也慢慢没了，低着头反手从背包里摸出一瓶矿泉水，拧开盖儿照头上浇了下去，浇到一半时他猛地抬起头，张大嘴巴，将剩下的水全部倒进了嘴里。

“哥们儿，在这儿爽呢？”一个声音从身后的公路上传来。宁志回过头，抹了把脸上的水，见两个骑行者正朝他打招呼，见他回头，又冲他招了招手。宁志礼貌地挥挥手，目送着那两个骑行者消失在下一处弯道，重新打起精神继续朝前走去。

天黑前，一辆客运中巴车在他身边减了速，司机把头伸出车窗外，几经讨价还价同意五块钱把他拉到下一个大站。宁志怕进站碰到警察抽检，夜里快到目的地时，在进站前下了车。眼看着与刘亚男约定的时间就要到了，可距离约定的村子至少还有三百公里，他顾不上休整，沿着路继续朝西南方向赶。一路上，能拦到顺路的车就搭一段，稍微眯一觉，拦不到只能徒步前行，一直到第三天上午才赶到中缅边境，而这里离目的地还有几十公里。

宁志很快又搭上了一辆卡车，坐在车斗里的宁志，见路上行人越来越多，拍了拍卡车驾驶楼，等车停稳，跳下来谢过了司机，刚往前走了几百米，就见前方有一个武警检查站。他溜达着走到路边一个小店前的长凳上坐下，一边买水，一边朝检查站张望，发现所有经过检查站的行人和车辆都会被查证件和行李，不由得皱起了眉头。

小店老板从箱子里拿出矿泉水递给宁志，瞥了眼他的包，说："包包里有东西吧。"

宁志一时没反应过来："什么？"

小店老板冲他诡异地笑了笑："我带你过去，三百块。"

宁志拧开瓶盖喝了口水："没什么，也就两把藏刀，他们不会为这事把我扣了吧？"

"扣倒不至于，没收是肯定的。"老板顿了顿，又说，"你包包里有什么我不管，我是做生意的，我认识条小路，可以带你过去，三百块。"

宁志看了眼那老板："一百。"

"两百。"

宁志一咬牙："最多一百五，我那把刀才多少钱，大不了我扔了就是。”

“好吧。”老板伸出手，“就当开个张，先给一百，到地方再给我五十。”

宁志看了那小店老板几眼，摸出一张一百的纸币递了过去。

小店老板朝木板隔断的里屋喊了句：“出来看会儿店，我送个人。”听里面一个女人应了一声，老板带着宁志绕到小店后面，几棵芭蕉树下停着一辆破旧的摩托车。小店老板把摩托车推出来发动着，对愣着的宁志拍拍后座：“走。”宁志抬眼一看，四处都是茂密的芭蕉林，根本没什么路可走，问那老板：“你知道我要去哪儿吗？”老板等宁志坐好，说：“反正那边有两个检查站，我带你绕过去，你高兴去哪儿就去哪儿，不关我的事，你也别跟我讲。”又吩咐道：“抓紧。”话音未落，摩托车像是一条撒欢的野狗，嗖的一下钻进了茂密的芭蕉林。

宁志想要看看前面的路，可满眼净是茂密的芭蕉叶，铺天盖地的，全世界仿佛只有芭蕉这一种植物。好在并没过多久，就发现芭蕉树渐渐稀疏起来。小店老板拐了一个弯，前面出现仅容一辆车通过的小道，他停下摩托车指着那条小道说：“就是那条路了，你把尾款结一下。”

正说着，那条路上驶来一辆警车停了下来，车内一个警察指着小店老板喝道：“你们是干什么的？”

小店老板低声说："糟了，怎么还有流动检查的？"

警车上下来两个警察，手摸着腰朝这边快步走来。老板从后腰抽出一把砍香蕉的刀塞到宁志手里："拿着。"宁志茫然地接过刀，老板把宁志拿着刀的手放在自己肩上抵着脖子："你留点神，别真的割破我的脖子。"说完将摩托车迅速调了个方向飞驰起来。宁志这才明白，小店老板要他配合演一出持刀胁迫的戏。回过头见警车上又下来两个警察，分散开朝摩托车追来，一边跑一边用对讲机联络着支援。幸好车便捷，小店老板又对路熟，三下两下拐进了一片密林，在崎岖不平的山路上颠簸了足足两三公里，才将那些警察甩得不见了踪影。

小店老板抹了把汗，说："你得给我加钱。"

宁志一愣："你这是坐地涨价。"

"我这是亡命天涯。"

两人正争着，就见前方左右两边有武警带着枪堵了过来。宁志顿时有些后悔自己图方便反而搞出这么大动静来，"这下完了。"一边说一边四下观察着地形，盘算起退路。

"喂喂喂，注意你的手。"小店老板连连喊着。宁志才发现手里的刀已经把老板的脖子划了一个小口子，忙把刀往回收了收。

"坐好。"小店老板加大油门朝一个小坡冲去。这时，身后的武警举起了枪喊道："再不停车开枪了。"宁志朝后看了一眼，叹了口气：“算了，别为这点事丢了命。”

“我做生意讲诚信，你花钱，我带路。小店老板说得有些激动，声音也越来越大。这时，宁志看到前方有一块界碑就竖立在坡下的小溪边，扭头一看，一直追在身后的武警已经抄近路追至距离他们二三十米的地方。小店老板驾着摩托车冲过小溪边的界碑，驶向了对岸。宁志再一回头，见武警们在界碑前停了下来，气喘吁吁愤愤地看着逃脱的自己，不由得感叹道：“出国了。”

小店老板并没有停车的意思，又骑着车钻进了一片竹林，东拐西拐穿行了二十多分钟，冲出那片竹林后停了下来。老板等宁志下了车，伸出手：“再给我一百吧。”

“这是哪儿？”宁志抬头四处张望了一圈，“什么我就给你一百？”

老板得意地用下巴指指前面，宁志顺着他的视线望去，看到一块界碑。宁志不可思议地瞥了一眼小店老板，笑着说：“这就又回国了？”

老板从宁志手里抽回砍蕉刀塞进自己后腰：“开玩笑，亡命天涯出境游，收你两百块，你还想怎么样？”

宁志左右看了看，说：“我都不认识这是哪儿，我怎么知道有没有避开那些检查站？你还是带我到路上再说。”

老板有些不耐烦，一伸手说：“那你先给五十。”

宁志无奈，从口袋里掏出钱，数了五十递给老板。老板装起钱一扬下巴：“放心吧，这块儿没有武警，上车，把你带到路上。”

小店老板没有食言，果然将宁志带回到大路上。宁志见路边竖着一块简易的路牌，上面显示距离和刘亚男约定的那个村子还有五十公里。宁志掏出身上最后的一百块钱说：“我只有这一百块了，我们一人一半吧。”

小店老板想了想，从口袋里摸出刚才那五十块钱递给宁志，又把宁志的一百块收走，“多谢了，你顺着这里往前走吧。”小店老板骑着摩托要走。宁志问：“喂，几点了？”小店老板抬头看了看太阳：“十点。”说完一溜烟没影了。

宁志擦了擦脸上的汗，抬头看看太阳，嘟囔道：“这算是什么牌子的表？”刚走了几步，就看到前方不远处有一个小凉棚，上面写着：高价收购、低价出售二手自行车。凉棚里停着各种档次的自行车，躺椅上躺着一个四十多岁的男人。宁志上前问：“麻烦你，请问几点了？”

那人眯着眼睛看了眼太阳：“十点。”

宁志抓抓头：“表在哪儿？”

那人站起身，走到里面的一张破书桌前，将抽屉拉了出来放到桌子上：“买表吗？”抽屉里竟全是各式各样的手表。宁志拿起一块看看又拿起一块，果然表盘上显示的时间都差不多是十点。宁志看了看天上的太阳，想到与刘亚男约定的是十二点，可现在的位置距离目的地还有五十公里，仅凭走路是无论如何也到不了了，不由得叹了口气。他看了眼棚内的自行车问："这车怎么卖？"

"几十到一千的都有，你要哪种？"

"你这不会是赃车吧？"

那人白了宁志一眼："会说话不会？都是骑行的，骑到这里时新鲜劲儿过了，骑不动了，我就收了。你买去骑，新鲜劲儿过了拿来我还收。"

宁志已经没有时间和精力跟人争了，将身上最后的五十块丢到桌面上："给我来辆五十的。"

那男人从车堆里挑出一辆，骑着在门口的公路上转了一圈，将车交到宁志手中："检查下。"男人抬手指着前方大约两百米处的一个弯说："拐过那个弯，保修期就到了。"

宁志此时满脑子只想按时赶到目的地，只要这辆车还能骑得动，哪还顾得上管别的。宁志把背包在后座上固定好，跨上车便蹬，却顿了一下没蹬动。他疑惑地一回头，见那老板拽着后架，说："别急啊，我还没验你的钱是真的还是假的。"对宁志一摆头，"先进来。"

宁志忍了口气把车支好，随老板进了凉棚。老板拿起钱迎着阳光仔细地看着，宁志催促道：“麻烦你快点，我赶时间。”正说着，一阵电话铃声响起，老板拨开桌上的杂物，现出一部红色的电话机，他接起电话示意宁志安静。宁志烦躁地抓抓头发叉着腰看向棚外，只听老板对着电话“喂”了一声，随后对宁志说：“你的电话。”

宁志一愣，以为听错了，转过身，见老板拿着听筒看着他。宁志迟疑着走过去：“我的电话？”

老板点点头。

宁志狐疑地接起电话，只听电话那头一个熟悉的声音传来：“你他妈的要造反？”

是徐卫东！宁志差点叫出声来，一时间激动得嘴唇哆嗦着一个字也说不出来。“哑巴了？抗命的本事哪儿去了？”徐卫东在电话那头低沉地喝道。

“我……这是……”宁志回了回神，扭过头，见老板已经走出凉棚，在路边修理起一辆自行车来。

“放心吧，是自己人。”

“不是我要造反，他们订的计划漏洞太多，糊弄糊弄一般人还行，糊弄刘亚男那样的，也太轻敌了，但我没反对的资格，为了完成任务，只能先斩后奏。”

“后奏个屁，你打算什么时候奏？往南几十公里就是境外了。”

“我是打算……”

“打算个屁。”徐卫东将宁志的话打断，“翅膀硬了？”

“老徐，请相信我一定能完成任务。”

徐卫东沉默了，足足一分钟后，放缓了语气：“胡经这个人一向狡猾残忍，就算他没有识破你，你跟他过境，他一定会杀了你灭口。”

“灭口？”

“他不会随便相信人，他这次亲自过来，走的肯定是只有他自己知道的路，那条路是他的救命通道，为了这个通道不被人知道，他一定会杀了所有人灭口，包括他自己的手下，更别说你。”

宁志笑了笑：“那我也得去，我的任务不就是混到他身边吗？”

“总之你要有这个防备，紧要关头宁可放弃任务……”

“我知道。”这一次，宁志截住了徐卫东的话，“那你记得答应我的事，任务完成了，我要为秦川担保，让他归队。”

“好，但你要回来亲自去跟他说，他得知道他欠谁的人情。”

“是，谢谢组织信任，我赶时间，没别的事，我要出发了。”

“不要大意。”

“啰唆。”

“你再给我说一遍！”

宁志挂了电话，脸上露出了一丝笑容。走出凉棚看着坐在路边满手油污的老板，上前说：“钱没问题了吧？”老板头也没抬地对他摆了摆手。宁志翻身上车回过头对老板说了声“谢谢”，便蹬着车离开了。

老板这才抬起头，一直目送着宁志拐过了那个弯。

3

离开车棚后，不知是因为下坡，还是别的什么原因，宁志觉得腿脚轻松了许多，不用耗费多大力气就将自行车骑得飞快。清凉的山风掠过脸庞，他感觉到久违的惬意，若不是肩负着责任，他有心就这样一直骑到这条路的尽头。

就在宁志骑着车赶路的时候，刘亚男与胡经正坐在屋内的桌前，一边喝茶一边有一句没一句地闲聊。从茶壶里倒出的茶水早已没了颜色，但他们似乎并不在意，时不时瞥一眼桌上的油纸包，显得心不在焉。只有当王工从里屋出来时，二人不论正在说什么，都会停下来，看着王工从油纸包内取走一小勺样品回到里屋继续试验。二人脸上本来恬淡的神色，随着那油纸包渐渐空瘪下去开始变得越来越凝重。按照王工的说法，想要得出样品的具体配方，至少需要一包半这样的样品，可这一包眼看就要用光，刘亚男承诺的另外一包还没有半点动静。

胡经终于坐不住了，偷瞄了几眼刘亚男，鼓起勇气说："亚男姐，不是我信不过你，内地环境太复杂，坏人太多，你看你不也被那个什么江金九骗了吗？所以，剩下的样品不会出什么问题吧？我们费了这么大功夫，冒着这么大风险跑到这个鬼地方，如果有差池，损失真的有点大。"

刘亚男斜睨了一眼胡经，笑着说："你要是不放心，可以带你的人躲一躲，货送到了，我去找你。"

胡经笑了笑："你别误会，这里绝对安全，方圆几十公里有什么风吹草动都能传到我的耳朵里。我只是担心亚男姐所托非人，那包样品太珍贵了，连姓包的那个王八蛋都动了心思，要不是我在内地有几个朋友，现在估计已经被江金九带来的那个警察给端了。"说到这里，胡经被勾起的火气压不住了，他猛地一拍桌子骂道，"姓包的这个王八蛋，当初干周家他最积极，现在听说周亚迪要回来，急着给人家送礼的还是他，还想借花献佛。这配方是老子的，他有什么资格拿去送周亚迪。"

刘亚男静静地看着胡经："你们的恩怨我不管，总之我会把样品按时按量地交给你就是了。"

胡经换了副笑脸："亚男姐，你放心，只要样品够数，王工一定会搞出配方，到时候我一定会把货保质保量地送到，只多不少。"说完扭头看着王工从里屋走出来，正猫在墙角的藤椅上擦眼镜，又笑着问王工："你说对吗，王工？"王工举起眼镜对着光看了看，戴好，看着桌上的油纸包撇了撇嘴："样品快用完了，我还差一点就能搞出配方了。"胡经急忙说："亚男姐说了会到就一定会到，耐心点。"他起身问身旁的保镖："那个警察找到没有？"

保镖看了眼刘亚男，轻声说："应该很快就有结果了。"

胡经咬着牙，脸上的肌肉抽动了几下，眼里露出一丝骇人的杀气。这时院门一阵响动，一个男人打开院门走了进来，居然是宁志在火车上遇到的那个假警察。他穿过院子站在屋门口向胡经和刘亚男打招呼，胡经脸上立刻挂着笑起身迎了上去，热情地搭着那人的肩膀说："蝎子来了，好久不见。"蝎子礼貌地冲胡经点点头："胡哥你好。"

胡经仔细打量着蝎子："好久没听到你的动静了，要不是亚男姐，恐怕我还见不到你。"

蝎子笑了笑："亚男姐吩咐我做事，就算是去死，我也不敢有半点迟疑。"他不等胡经回话，看着刘亚男说："亚男姐，方便吗？"

刘亚男站起身对胡经说："我和蝎子到外面聊几句，不介意吧？”

胡经摊开双臂：“怎么会，请便。”

刘亚男与蝎子走到院里一个角落的树下，蝎子低声说：“人跟丢了。”刘亚男看了眼蝎子，没有吭声。蝎子又说：“离这儿不远的地方有个检查站，在那儿他上了一个当地人的摩托车下了道，我听警察电台里的动静，应该是被发现了。我担心他们抓到他后会增加检查点，所以自己先过来了。放心，我带的货没问题，是不是可以先让那个王工干活了？”

刘亚男皱了皱眉头，低头沉思了一会儿，看看手表：“不急，还没到约好的时间，等等再说。”

蝎子叹了口气：“最近不知怎么了，突然严了好多，我担心……”

刘亚男笑了笑：“王工已经开始干活了，一共有三包货，我带来了一包。现在担心如果用光这些样品还没弄出配方就麻烦了，所以你身上的货不能露，这个王工不行，我再找找别人。”

“明白。”蝎子说着抬头看了眼太阳，朝屋内瞥了一眼，说，“我听说江金九身边有警察，他人呢？”

刘亚男只是看着蝎子笑了笑。蝎子会意地点点头：“那就好。”

蝎子目送着刘亚男进了屋，微微皱起了眉头，摸着下巴上的胡楂，不知在盘算些什么。这一切都没有逃过屋内窗户后胡经的眼睛。

胡经将目光从窗外的蝎子身上收回，满脸愁容地看着刘亚男说：“亚男姐，无论如何明天都得走了，王工和我打了包票，只要样品够，今晚一定能搞出配方来。现在家里也不太平，不知道姓包的会和周亚迪合起来搞什么鬼，所以今天另外一包样品务必要到。”

刘亚男“嗯”了一声，不再言语。胡经看了眼窗外的蝎子：“我还以为是蝎子帮你带货呢？难道还有比蝎子更可靠的人？”见刘亚男还是没理他，讨了个没趣，悻悻地坐回椅子上，叹了口气，“很多事也要看缘分，如果中午样品还没到，那只能说明我胡经和这单买卖没缘分，没缘分的事我不强求，也只能回去了。回家的时间和路线都是事先定好的，不能改，总不能为这一单买卖连家里着了火也不顾，你说是吧？”胡经试探地瞅着刘亚男的脸色。刘亚男微微一笑：“有道理，那就随缘吧。”将腕上的手表摘下立在桌上，时针已经指向了十一点。距离约定的时间只剩下一小时。

胡经有些坐不住了，按捺着脾气在屋里转了一圈，起身走出屋，看似无意地溜达到正靠在院里一个角落抽烟的蝎子面前，拿出一支烟叼在嘴上：“借个火。”接过蝎子递来的打火机点着烟，狠狠地抽了一口：“见到你来，我还以为那包货也到了……对了，带货的到底是什么人？我就不信这活儿还有人比你蝎子干得更漂亮。”

蝎子低着头，默默地抽着烟，一言不发。胡经又说：“就差一点样品就够了，妈的，谁能再给我点样品，这单生意我愿意分一半给他。”

蝎子夹着烟的手在空中明显一顿。这个小动作依然没有逃过胡经的眼睛，胡经嘴角微微一翘，似是明白了什么，故意岔开话题：“对了，你跟亚男姐多久了？现在一定混得很不错吧？”

蝎子笑了笑，抬起头看着胡经：“你胡哥在这儿，谁敢说自己混得好？说实话，这几年我都没接过活儿，本想洗手不干了。”

胡经惊讶地看着蝎子：“难道找到别的发财的路了？”

蝎子四下看看，压低声音说：“冰。”

胡经不屑地哧了一声：“最看不起那种工业合成的东西了，哪比得上我的货，别的不说，最起码都是绿色天然纯手工的货。怎么，你现在做那个了？对了，既然你不是帮亚男姐带货，那……”胡经故意停了下来，看了眼蝎子的脸色，急忙打了一下嘴，“不好意思，我多嘴了。”

蝎子笑了笑，将烟头丢在脚边踱碎：“只要有人再给你样品，你真的愿意分一半生意出去？”

胡经瞪着眼睛说：“那当然，有钱一起赚嘛！那个配方要是搞出来，我的产量得翻番。”说着叹了口气，“可是哪有那么好的事，之前那包样品眼看就要用完了，续不上的话，只能先回去了。”

蝎子盯着胡经看了一会儿：“不瞒你说，我的冰厂被抄了，要不是我跑得快，现在估计在监狱里等着吃枪子儿呢。可惜了我这么多年经营的圈子，现在下家都张嘴等着要货，可我什么都拿不出来。幸亏亚男姐愿意拉我一把，答应我陪她走完这一趟，就介绍个供货的给我，只要有货我就能翻身。”

胡经递给蝎子一支烟：“你的圈子？能出多少货？”

蝎子眯着眼睛点着烟，伸出两根手指：“每年至少这个数。”

胡经一愣，眼珠转了转：“不过话说回来，就算我有货也没路，最多运到云南，不然你我就可以合作了。”

蝎子哼了一声：“你忘了我是干什么起家的吗？”

胡经一拍脑门儿：“对啊，差点忘了你蝎子干的就是运货。”胡经说到这儿有些兴奋，声调也跟着高了起来，尴尬地笑了笑压低声音说：“你知道的，周家把那个什么周亚迪派来接场了，我估计一时半会儿不会消停了。要是样品能顺利到，那就什么都好说了，唉……”

蝎子咬着嘴唇想了想，看着胡经说：“现在就算我有样品，也没法儿给你啊。”眼睛朝屋内瞥了瞥。

胡经沉默了好一会儿，说：“我说到做到，一人一半。”

蝎子点了点头，二人相视，诡异地笑了起来。

就在这一刻，宁志终于赶到了目的地。连日的奔波，使得他本来精干的短发发型变得像是被一群人践踏过的草坪，东一片西一片地倒着，双眼虽然布满血丝，但依旧倔强地闪着光，看不出一丝疲惫。他斜跨在自行车上，单脚支地看着面前这个村子：和他途经的几个村子没什么大的区别，云南特有的暗红色的山坡上，几条简陋的街道将凌乱的几排竹楼划成了几块。那些竹楼大多已经荒废了，唯一能辨认里面是否有人居住的依据，只能看房子周围的杂草生长的程度，杂草明显少于别处的，必然是经常有人打理。不然，以这里的自然条件，个把月没人管，房子就会被杂草淹没。宁志蹬起车，放慢速度，在路边一个残破的IC卡电话亭前停了下来，从背包里取出一张早就备好的IC卡插进电话机，拨了一串号码。村里几个小孩好奇地围着他，摸摸他的衣服和背包试探着他。他一边等待着电话里的动静，一边对那几个孩子挤出些微笑。那些孩子见状，赶忙伸出双手向他讨要零钱。这时，电话通了。

宁志说："我到了。"

电话那头是个男人，"打你面前那个电话。"说完这句便挂了机。

宁志举着话筒茫然地自语道："面前？"一抬头，见电话亭正对着的墙上赫然写着"白粉"两个字，后面喷着一个电话号码。宁志惊呆了，感觉正被无数双眼睛盯着似的，浑身不自在。他紧张地左右看了看，除了那几个孩子看着他的脸色外，根本没人注意他。这时，围着他的孩子们越发淘气起来，开始揪扯他的衣服。宁志觉得不耐烦了，对几个孩子低声喝道："那边玩去。"或许这里的孩子早已习惯了被人驱赶，宁志的反应并没有给他们带来任何震慑。面对那些孩子的继续纠缠，宁志不再吭声，眼神慢慢地变得凶狠起来，冷冷地盯着看上去是领头的那个孩子。孩子群慢慢静了下来，小心翼翼地看着他。突然，宁志"哇"地大喝一声，孩子们吓了一跳，惊叫着四散逃开。宁志这才舒了口气，用余光四下扫了一下，拨通了墙上的那个号码。

对方很快接通："喂。"

宁志低声说："我到了。"

"向西直走，第三个路口右转，走到头是一条排水渠，过了排水渠继续向西，会有人迎你。"对方说完也不管宁志是否记住，便挂了电话。

宁志按照指示继续前行，很快看到一条人工排水渠，看起来已经很久没有下过大雨，渠里的水刚刚没过脚面，水渠对面是一片荒废的香蕉田。宁志抬头向西边望去，又是一片破旧的房屋。他扛起自行车踮着脚三步并两步跨过水渠，上车继续向西骑去。路过一台被拆得七零八落的手扶拖拉机时，两个本来在拖拉机上面玩耍的十二三岁的女孩看到了他，其中一个稍微大点的看着宁志问："是送货的吗？”

宁志一愣，前后看看并没有别人，捏着刹车停了下来，单脚撑着地回头问那女孩：“你和我说话？”

女孩像是很得意，歪着脑袋看着他，又问道：“你是送货的吗？”

宁志不可思议地看着女孩，不知如何作答。那女孩跳下拖拉机，对另外一个稍微小的女孩安顿道：“坐着等姐姐，别乱跑。”她走到宁志身边再次问：“你是送货的吗？”宁志呆呆地点了点头。女孩伸出手：“五块。”宁志摸了摸口袋：“我没钱了，要不，这辆车送你吧。”

女孩围着自行车转了一圈，点点头，从宁志手里接过自行车：“跟我走。”

宁志将背包从车上卸下背在身上，跟着女孩继续朝西走去。他好奇地看着女孩，问道：“你几岁？”女孩伸出手：“两块。”

“啊？”

女孩咯咯地笑着，指了指不远处一扇大门，扭头推着车跑了。

宁志目送那女孩走远后，围着面前这个看起来破旧的院子转了一圈，大概看了下地形，这才走到大门口，刚伸出手准备敲门，院门居然从里面打开了。宁志的手还悬在空中，见门内站着几个人，为首的男人正笑吟吟地看着自己。他对那男人的殷勤视而不见，一眼便看到了刘亚男。刘亚男简单打量了一下他，对他一摆头。宁志会意，跨进了院门。门内众人自觉地让开了一条路。他目不斜视地跟着刘亚男进了屋，一进屋，刘亚男倒了一大杯温度适宜的茶递给宁志："累坏了吧，喝点水。"

宁志接过茶杯，一饮而尽，擦了擦嘴说："我要洗澡换衣服。"

这时胡经跟了进来，热情地对宁志伸出手："你好你好，在下胡经。"

宁志又倒了一杯茶三两口灌进去，舒了口气，看着这个一直显得很殷勤的男人，心说，原来这就是胡经。他微笑着和胡经握了握手："宁志。"

胡经亲热地搭着宁志的肩膀，将宁志让在椅子上坐好："久仰久仰，坐下来休息休息，一会儿洗个热水澡换换衣服，我给你接风。"

宁志对胡经笑着点点头，揪着自己的衣襟说："有我的尺码吗？"胡经愣了一下："这个……可能得先凑合一下了，我尽量安排。"宁志看了眼胡经身后的四个手下，只见四人手都挨着腰间，明显是带着枪，此时都面无表情地看着自己。宁志并不躲避那四人的目光，对他们依次笑着点头致意，最后回过头看着刘亚男，拍了拍肩上的背包说："我带到了。"

刘亚男点了点头。这时，蝎子从里屋走出来站到了刘亚男身后。宁志定睛一看，这不是火车上跟自己借火的那个警察吗？蝎子对着宁志扬了扬眉毛：“辛苦了。”刘亚男介绍道：“这是蝎子，你们见过的。”

宁志笑了笑，轻叹着摇了摇头，把包放在桌上。胡经伸手就去抓。宁志一把将他拦住：“不好意思，货是亚男姐的。”

胡经的手悬在空中，他愣了一下，收回手哈哈一笑：“好好好，对了，我听亚男姐说，你救过她的命。”

“举手之劳。”

“能救得了亚男姐的可不是一般人，你……不会也是警察吧？呵呵呵。”

宁志看向在火车上扮警察的蝎子：“差点就是了，没考上。”

蝎子呵呵地笑了。宁志和胡经也跟着笑了起来。刘亚男打开背包，翻出那个油纸包凑近仔细检查着封口，脸上露出笑容，扭头对王工说：“最后一包了。”

宁志站起身问：“麻烦哪位带下路，我得洗个澡换换衣服。”

胡经忙安排一个手下带着宁志去了隔壁屋。他伸着脖子又扫了一眼宁志的背影，扭头对刘亚男说：“亚男姐手下卧虎藏龙，这小兄弟一看就是深藏不露啊。”

刘亚男笑而不语。

王工说：“我得验一验样品。”说完拐着腿钻回里屋，不多时拿着一个小勺走出来，撕开油纸包，用小勺取了一点样品又钻回里屋。

胡经心不在焉地与刘亚男有一搭没一搭地聊天，但眼睛总是有意无意地往里屋瞅。不多时，王工拐着腿走了出来，他脸色凝重，对所有人期盼的眼神视而不见，又取了一些样品回了里屋。这一下胡经有些坐不住了，开始不停地在屋里转圈，时而撩开门帘朝里屋张望一下。屋内的气氛渐渐紧张起来。

宁志洗好澡，换了一身衣服走进屋，就觉察出屋内氛围不对。这时，王工又走出来，眉头皱得更紧，取了些样品在众人的注视下匆匆返回里屋。宁志不动声色地坐在刘亚男对面，见刘亚男蘸了点白粉在指尖，轻轻地捻着。

很快，王工将门帘撩开一条缝探出头看着胡经摇摇头：“这是厨房里用的苏打粉。”

胡经不敢相信王工的话，从腰里抽出一把枪对着王工瞪着眼睛喝道：“我现在没心情和你开玩笑，你再胡说八道，我让你全家都变成苏打粉。”

胡经那四个手下几乎同时掏出枪对准了宁志，宁志伸手拿起桌上的茶壶，不动声色地倒了杯茶，慢慢地品着，尽管那茶水早已没了颜色。他斜着眼扫了那四个枪手一圈，不屑地笑了笑。胡经喝道："都他妈把枪收起来。这是亚男姐的人，是我们的贵宾。"那四个人赶忙把枪收了起来，但并没有放松警惕，而是四散开无形中将宁志包围在中央。王工看了眼胡经的枪口，不慌不忙地说："不信你可以闻一闻、尝一尝。"

刘亚男将桌上那包货推开，笑着说："不用闻了，他说的没错。蝎子，把你的货拿出来。"

蝎子愣了一下，茫然地看着刘亚男："亚男姐，你没让我带货啊？你就让我盯着这小子。"他反手一指宁志说，"是我没用，把他跟丢了，你可以罚我，可我真的没见过什么货。"

胡经那几个拿着枪的手下本来围着宁志，此时都往后退了一步，将刘亚男也围了起来。刘亚男看了眼胡经，见他默认了自己手下的行为，笑了笑转过头看着宁志说："不好意思，货太贵重了，我不敢真给你，毕竟你我没有共过事，让你过来，就是想看看你有没有本事入这行，想不到搞成这样。"她轻轻地摇摇头，"我这一趟真是……信了不该信的人，该信的却没有信。"

宁志对围着自己的那几个枪手视而不见，喝了口水，笑着对刘亚男说："我不管你让我带的是什么，总之我带到了。"看了眼那几个枪手，"现在咱们遇到新情况了，怎么干，你一句话。"

刘亚男看着胡经："你说呢？"

胡经面无表情地看着窗外："你也在耍我，那个姓包的到底给了你什么好处，让你把我骗到这儿？我的家不会已经被抄了吧？换作别人，今天无论如何也不可能活着走出这间屋子，但你偏偏是刘亚男。"胡经突然笑了起来，"亚男姐，你我今天恩断义绝，你走吧。"

刘亚男拍了拍宁志的肩膀："走吧。"说着两人站起身朝屋外走去。

蝎子突然喝道："不能走，不能放他们走。"他一把夺过胡经手下的一把枪，对着刘亚男的背影扣动了扳机。不料一连扣了好几下，却没有一颗子弹射出来。蝎子慌了神："怎么没子弹？"

胡经摊开双手对着蝎子耸了耸肩，做了个鬼脸："对哦，怎么没子弹呢？"上前照着蝎子的后脖颈打了一巴掌，"你把我胡经当什么人？外面那些人说我做事心狠手辣、不择手段，那都是想坑我没坑着或者是坑了我不敢露面的人传的，你还真信？真以为老子一点江湖道义不讲啊？我长这么帅怎么从没在外面传过？对了，你他妈为什么不夸我帅？"他一边说，一边照着蝎子后脖颈连抽了好几下，打得蝎子缩着脖子退到了墙脚。胡经打累了，对刘亚男说："亚男姐，不好意思，我火气上了头，打了你的人，现在交给你处理吧。"胡经说着捂起眼睛招呼手下人："都躲远点吧，一定会很惨的，看了将来会做噩梦的。"胡经经过刘亚男身边的时候，想起什么似的说："对了，亚男姐，我觉得你比我狠多了，怎么没人说你心狠手辣？"

刘亚男抽了口烟："可能我没你帅吧，没人忌妒我。"

胡经若有所思地点点头："嗯，有道理。你继续，不打扰你清理门户了。"

刘亚自始至终没有转身朝屋内看一眼，低着头背对着一屋子人点了一支烟抽了一口，指了指身后，对宁志说："你不是想跟我去金三角吗？把货拿过来，杀了他。"宁志点点头，正要进屋，刘亚男又说："别弄太脏，这里的血腥味已经够重了。"

宁志"哦"了一声转身进了屋。蝎子已被胡经的手下逼在墙脚，早已脸色苍白，咬着牙恶狠狠地看着步步逼近的宁志，嘴角不住地抽动着。宁志站在蝎子面前，伸出手："货给我，让你舒服点。"

蝎子的胳膊肘下意识地护住了后腰。宁志不等所有人反应，挥手给了蝎子一记耳光，就在蝎子举手捂脸的同时，宁志将手伸到对方后腰，将一个油纸包扯了出来，反手丢给门口的胡经，说："看看对吗？"

胡经将油纸包撕开个小口闻了闻："闻着应该没错。"然后招呼王工取了点样品进里屋去化验。很快王工伸出个脑袋，点点头："没错了。"

王工话音刚落，宁志猛地一拳击中蝎子的喉咙，蝎子哼了一声，翻着白眼捂着脖子躺倒在地。宁志就手将他的腰带抽出来，在他脖子上紧紧绕了一圈，用力一拉，将皮带末梢紧紧地攥在手里。蝎子翻着白眼不住地蹬腿挣扎，没多久浑身一松，断了气。宁志没有松手，又攥着皮带过了足足两分钟，这才站起身对屋外的刘亚男说："亚男姐，死了，还算干净，不过得赶紧处理，不然一会儿大便该出来了。"

胡经呆呆地看着宁志，愣了好一会儿，忙对身边一个手下说："听到没，赶紧抬走，一会儿大便出来还了得？今天还得住这里。"说完又问王工："样品够了，我的配方还要多久？"

王工看着地上已经断了气的蝎子，摸摸自己的脖子，抬头看了眼宁志，说："今……今晚。"

胡经对身边的人使了个眼色，他的手下从墙角的柜子底下取出一个旅行包，"刺啦"一声拉开拉链，包内满满的都是钱。胡经用脚踹了一下那包钱："这是五十万，现在就派人送你府上。"

王工伸着脖子看了看包里的钱，点了点头。

刘亚男从胡经手里接过那包样品，托在手上："这下你放心了？"

胡经看着刘亚男手里的东西，咽了下口水："和亚男姐合作，能有什么不放心的？看到没有？我就说我是个试金石，什么警察、奸细、反水的到我这儿都得露馅儿。”说着就得意地笑起来。这时，一人从外面进来便附到胡经耳边，还没来得及说话，就被胡经一巴掌打开，咧着嘴挠挠耳朵。“这里没外人，敞开了说，鬼鬼祟祟的干什么？搞得我耳朵痒痒的。”

那人忙退开一步，清了清嗓子说：“那个警察找到了，在休假，我派人盯着呢，用现在解决吗？”

胡经一拍巴掌笑道：“哈哈哈，太好了。”

刘亚男皱起眉头说：“你别添乱，这可不是金三角。”

胡经哼了一声：“你以为我为什么选在这个地方和大家见面，那个警察的家就在这附近。这个浑蛋害我死了三四个弟兄，让我损失了几百万的货，我总得干点什么吧，不然我那几个兄弟白死了？”

刘亚男看了眼宁志，把桌上的样品递给他：“拿给王工，给王工打个下手。”

宁志应了一声，放下茶杯正要往小屋里钻，被胡经起身拦住。刘亚男又对宁志补了一句：“顺便盯住他，别让他胡来，这包货用完之前还搞不出配方，别说你这趟白跑了，这里所有人都白忙活了，到时候你看着办。”宁志瞥了眼胡经，对刘亚男点点头：“明白，亚男姐。”

胡经皱眉思量了一下，拦在宁志身前的手换成了“请”的手势。宁志拿起油纸包，大摇大摆地撩开门帘进了里屋。

几张破旧的桌子拼出的一个简陋的实验台上，摆满了各种试管、仪器、酒精炉，后窗上嵌着一台排风扇呼呼地转着。王工没有理会宁志，戴着面罩观察着试管内的液体，皱着眉头，在一旁的纸上记了几笔，取了一个空器皿转身递到宁志面前讨要样品。宁志用小勺挖了一勺倒进器皿里。王工转过身在实验台上继续忙碌起来。宁志转了一圈，见这个王工对自己满是敌意，就坐在墙角的椅子上，歪着头靠在椅背上默默地看着他忙碌。

时间一分一秒地过去，王工见宁志自始至终都没有上前一步，似乎对自己在做什么完全不感兴趣，心中的敌意才稍稍消了一些。他两只手各拿着一支盛着液体的试管，转身看了眼宁志："帮我把酒精炉点着。"宁志懒洋洋地上前摸出打火机，刚要打火，就听王工呵斥道："住手！"

宁志吓得一哆嗦，打火机差点从手中滑落。王工说："用火柴。"宁志顺着王工的目光在实验台上找到火柴，将酒精炉点着，小心翼翼地站在一旁。王工叮嘱道："站远点，为了你好，远点安全。"宁志笑了笑："都到这儿了，说安全不是说笑话吗？"王工呵呵一笑，回过头看了眼宁志说："我看你也就二十出头，居然能混到他们身边，不简单。"宁志笑了笑，没吭声。

"帮我接点水。"王工回过头继续自己手里的工作。宁志拿起玻璃量杯拧开墙边水槽上的水龙头，接了满满一杯自来水放在工作台上。

“我要蒸馏水。”

宁志不耐烦地撇撇嘴：“干吗那么讲究？难道做出来的货不达标，工商局还能找来吗？”王工没有理会宁志，从工作台下搬出一桶纯净水，吃力地抬起来往量杯里倒。宁志忙接过手：“好了，知道了，以后我来吧。”

王工等宁志倒好水，看着宁志：“在你眼里，我只是在制毒，可在我看来，这些是科学、是艺术，要严谨，不然做出来的东西和满大街小痞子卖的有什么分别？”

“说的那么好听，还不是为了钱？不然你怎么不去当个科学家，要不然做个老师也不错。”

“我是为了钱，我有我的苦衷。难道你是心甘情愿地给他们带货？有别的路，你会选这一条？来，炉子里添点酒精，对了，熄了火再添。”

“我智商还行。”宁志弓下腰去吹酒精灯的火苗，被王工一胳膊肘拦开：“你没上过中学？这是用嘴吹的吗？”王工拿出个罩子扣在酒精炉上，火熄了。接着他停下手里的活儿，看着宁志添好酒精，用火柴重新点好火，满意地“嗯”了一声，这才继续忙碌起来。

宁志双手抱在胸前站在一旁说："我还年轻，干几年赚点钱就转行，至少老了不用担惊受怕。"

"想干就干，想收手就收手？事情都那么简单的话，世界早和平了。对了，你那手指头是怎么回事？"王工用下巴指指宁志的残指。

宁志举起手活动了一下其余的四根手指，说："狗咬的，对了，你的腿又是怎么瘸的？"

"也是狗咬的。"王工说完看向宁志，二人一起笑了起来。

这时，刘亚男和胡经相对坐在院子里的树下聊着天，刘亚男问："明天走哪条路？"胡经神秘兮兮地一笑："我有条新路，现在除了我没人知道。"刘亚男瞥了眼胡经："知道的人都成你的枪下鬼了吧。"

"呵呵，不能这么说，有些牺牲在所难免。"

"那我可不敢走。"

"你看你，我就是信不过自己，也不会信不过你亚男姐啊。"

正说着，胡经的一个手下走到门口，对着刘亚男点点头："亚男姐。"打完招呼转而对胡经说："钱送到了。"胡经满意地点点头，见那个手下并没有要离开的意思，站起身走到门口："还有事？"那个手下凑到胡经耳边耳语了几句。胡经"嗯"了一声，对手下摆摆手：“知道了。”之后回到桌前举起茶杯对刘亚男说：“那就这么定了。”说完喝了几口茶，“反正没什么事，不如出去走走。”

刘亚男一抬头，见院里胡经那几个手下已经站起身，一看就是要出门的样子，于是也站起来舒展了一下胳膊：“好啊。”

这村子所在的山下是一条河，清冽的河水缓缓地向东流去。河滩南岸靠近村子的地方是一大片堆积着鹅卵石的空地，在这遍布野草和野芭蕉树的地方，是难得的空地。河滩上，一家三口正在野餐。那对夫妻看上去不到四十岁，此时父亲正在给自己五六岁的女儿吹一只黄色的气球，母亲则坐在一块大石头上切着水果。很快父亲将气球吹鼓扎好递给了迫不及待的女儿，蹲在母亲对面帮她忙活。女孩拽着气球上的线，顾不得母亲的叮嘱，在河滩上笨拙地跑了起来。突然，她注意到河里有一个东西贴着河面蹦蹦跳跳地飞到了河对岸，她惊讶地停下脚步，顺着那东西来的方向寻去。只见胡经从河岸上捡起一小块扁圆的石头，侧着身将它丢进河里，小石头飞快地旋转着，再次贴着河面飞到了对岸。女孩满脸崇拜地看着胡经，拿着气球不由自主地走到了胡经身边，看着胡经又打了一个水漂儿。胡经看着水波跳动，歪过脑袋问女孩：“叔叔厉害吗？”

女孩拼命地点头。胡经笑了笑，捡起一块小石头问道：“想学吗？”女孩兴奋地点着头：“想学。”

胡经看了眼远处那对低头准备食物的父母，说：“那你得让叔叔抱抱，请叔叔去吃好吃的。”女孩伸手指向父母的方向说：“好啊，我爸爸妈妈带了好多好吃的东西。”

胡经俯身抱起女孩问道：“几岁了？”

女孩伸出一个巴掌说：“五岁。”

“真乖。”胡经抱着女孩，向她父母身边走去。一旁的刘亚男像是看外星人似的看着胡经，忍不住问道：“你没事吧？”胡经看了眼刘亚男，问女孩：“看这个姐姐漂亮吗？”女孩子看了眼刘亚男，用力地点头说：“漂亮。”

这时，女孩的父母注意到胡经一行人的到来，见这个抱着自己女儿的男人身后还跟着几个一看就不是善类的人。父亲警惕地站起身，他还没来得及说什么，只听一声枪响，腹部便中了一枪，鲜血快速地涌了出来。妻子在一旁刚想叫，但很快就下意识地用手捂住自己的嘴，果断地拦在丈夫面前，惊恐地看着胡经等人。

胡经一手抱着女孩，一手拿着枪看着渐渐倒在地上的女孩的父亲皱了皱眉头：“没打中？”他上前一步，抱着已经吓呆的女孩，握枪对准女孩的父亲，却被女孩的母亲挡住了枪口。“碍事！”他扣动扳机，一颗子弹正中女孩的母亲的眉心，女孩的母亲当即一仰头重重地倒在地上。不等所有人反应，胡经又一枪打中了女孩父亲的胸部。女孩眼看着自己的父亲母亲倒在血泊中，好一会儿这才

“哇”的一声哭出声来。

“你干什么？”刘亚男惊得瞪大了眼睛，难以置信地看着眼前发生的一切。胡经扭过头，食指竖在嘴前：“嘘。”他用脚拨弄了几下女孩父亲的头，确认人已经死了，这才舒了口气，蹲下身将女孩放在地上。女孩哭喊着“爸爸”，一头扑到父亲身上，使尽全力摇晃已经停止了呼吸的父亲，又爬到还睁着眼的母亲身旁用力地摇了摇，任她哭哑了嗓子，她的父母也不会再有任何回应了。

胡经蹲在女孩身边，抚摸着女孩的头说：“我也没办法，你的爸爸查了我的货，还抓了我的兄弟，你知道的，抓进去枪毙是小事，万一供出我的事，我损失很大的。”

女孩撕扯着胡经的衣服哭着说：“你是坏蛋，你是坏蛋。”但她的撕扯连胡经衬衣上的一粒纽扣都扯不掉。胡经站起身，抹了把脸，举起枪对准了女孩：“我做个好事成全你们，一家三口到那边好好过吧。”就在他扣动扳机的一刹那，刘亚男一个箭步蹿过来，一把将胡经的胳膊推开，只听“嗒”的一声，射出的子弹打进了河岸的鹅卵石缝隙里的泥土里。

“祸不及妻儿，你已经杀了他老婆，孩子就算了吧，给自己积点阴德吧。”刘亚男挡在女孩子前面，面对着胡经说。

胡经的目光越过刘亚男的肩膀，看了眼那个女孩，低下头说：“你这样我很为难。”

刘亚男冷笑了一下，让开身子“那随你吧”，眼睛却死死地盯着胡经。

胡经举起枪瞄准女孩，但这一次，他犹豫起来，咬了咬嘴唇，终究还是垂下了拿枪的那只手：“好吧，回。”转身朝来时的路走去。刘亚男松了一口气，跟在胡经身后回头看了一眼那已经哭哑了嗓子的女孩，眼眶微微泛出了泪光，但很快那泪光就无影无踪了。

突然，胡经猛地转身，举起枪对准女孩，咬着牙说：“老子阴德早他妈破产了。”话音未落，一声枪响，子弹击穿了女孩的胸膛。女孩一头栽倒在她母亲的胸口上，身体抽动了几下，便再也没有了半点动静。

洒在河面上的阳光，闪烁着灿如繁星的光泽，模糊了刘亚男的双眼。小河似是感受到了她内心的悲伤，潺潺流过，像是在替她哭泣。

每个人对自己在这个世界上听过的每一种声音、见过的每一个画面都有着独特的印象。它们能勾起的回忆各有千秋，当他们感受到星空、明月、午夜虫鸣、阳光、白云、小河流水时，多少有些或美好或遗憾或忧伤的感觉，看到听到时要么会心一笑，要么黯然落泪。但这一切对于刘亚男来说，已经找不到什么与血腥、死亡无关的了。她无休止地忍受着这一切，也深深地明白，还将继续忍受下去，一直到自己生命的尽头。但每一种无休止的忍耐终究需要舒缓，就像水库满了，就得开闸泄洪，不然整个水库就会崩塌，那个后果无人可以承担。

当她和胡经走回那个院子，胡经的手下刚关好院门，她便抬腿，一脚踹到离自己最近的那个手下的小腹上。那人没料到会挨这么一下，哼了一声捂着肚子跪倒在地上。刘亚男拿出枪，一枪托砸到胡经另一个手下的太阳穴上，那人直挺挺地倒在了地上。这一连串的动作，胡经还没回过神，刘亚男的枪口便已对准了他的眉心。

“亚男姐，你这是干什么？”胡经吃惊地看着刘亚男。

“你猜。”刘亚男冷冷地吐出两个字。

胡经见刘亚男眼里流露出熟悉的杀气，脸不自觉地抽搐起来：“你……你这是跟我开玩笑。”

刘亚男压下枪的击锤：“你再猜。”

胡经咽了口唾沫，脖子一动不敢动：“那个人是缉毒警，他查了我几百万的货，抓了我几个弟兄，还打死一个脚夫，我损失很大的。”

“那关我什么事？”刘亚男将枪口抵住胡经的脑门儿。

胡经勉强挤出一丝笑容，哆哆嗦嗦地说：“你……你不会在这儿开枪吧？”

刘亚男二话不说，抬起枪口对着天空开了一枪，马上又用还冒着烟的枪口抵住胡经的下颌："又猜错了，事不过三，你还有最后一次机会。"

胡经想了想，说："亚男姐，我没别的意思，你误会了，我就是想跟你证明我这个人做事有多严谨，我会不惜一切代价来维护我们的利益。我知道，你会觉得我这种人把我们这行的名誉全败坏了，让人家觉得我们没人性。可是凡事总有牺牲，我只要他们怕我，不需要他们爱我。我是为了我们的利益啊。"

宁志不知什么时候站到了门口，双手抱在胸前，歪着脑袋静静地看着眼前这一幕，就像一个路人。刘亚男斜了一眼宁志："喜欢看热闹？"

宁志举起双手耸了耸肩，做了个"请继续"的手势，钻回屋内。

胡经又说："亚男姐，你……不会为了警察……亚男姐我错了，我知道我错了。"

刘亚男盯着胡经看了一会儿，收起枪进了屋。胡经在原地足足僵了十秒钟，这才舒了一口气，一屁股瘫坐在那个被刘亚男打晕的手下身上。那人被胡经一屁股压得捯过了气，醒了过来，用力地睁开眼睛，下意识地摸向自己的太阳穴，却被胡经反手抽了一个大嘴巴，眼睛一翻，又晕了过去。

胡经在几个手下的搀扶下从地上站起来，怯生生地朝屋内张望了一眼，透过脏兮兮的玻璃窗，隐约看到刘亚男的身影，想了想，指指院里的一把破藤椅说："先在这儿坐会儿吧。"刚坐好，见身边一个手下抻着脖子往屋里看，胡经伸腿就是一脚："看什么看？你当我……"说到这儿，他也朝屋内看了一眼，压低声音，"你当我怕她？"那人没敢吭声，给胡经递了一根烟，帮他点着。胡经抽了一口叹了口气："没人教过你们气头上的女人别惹吗？"他跷起二郎腿，眯着眼睛依次打量着身边几个手下，"准备一下，明天跟我过境回去。"几个手下一听这话，脸色一变，彼此对了对眼神，其中一个胆大的弓下腰，哀求道："胡哥饶了我们吧，我们都跟了您快三年了。"

胡经一撇嘴："是吗？三年了？居然还有人跟了我这么久？"

"三年……三年半了。"

"怪不得我看见你们就觉得腻味呢。"胡经皱起眉头接着抽烟。那人不知所措，愣了一下继续求道："胡哥饶命，我们不想知道那么多，就想跟着胡哥。"胡经抓抓头靠在椅背上自言自语："妈的，居然有人跟了我三年这么久？看来我现在涵养真的好了许多……那他妈怎么办？王工是个瘸子，总得有人帮我把他带过去吧。"

"胡哥，我们……我们找两个靠得住的当地人，只要过了境……”那个手下说着做了个抹脖子的动作。

胡经眯着眼睛看那人：“你们真他妈坏。”

“嘿嘿。”那人自知胡经算是答应了，松了一口气。胡经一摆手：“去办吧，要是人不靠谱……”几个手下连连摇头：“不会不会不会，我拿我全家性命担保。”胡经指了一圈众人，手指头落到那人脸上，沉下脸说：“这可是你说的。”那个手下一边点头一边拍着胸脯：“放心吧。”

胡经将抽了一半的烟弹到地上，面朝天靠着椅背闭了会儿眼睛，突然一拍椅子扶手，站起身进了屋。刘亚男正面无表情地坐在桌前，看着手指间一根点着了的烟，看起来那根烟她点着后一口没抽，结了很长一截烟灰。胡经干咳了两下，满脸堆着笑走到跟前，往茶杯里续上水，又将果盘往刘亚男跟前推了推：“亚男姐，喝点水，吃点水果消消气。”

刘亚男垂着眼皮说：“你怎么做都和我没关系，但不要影响我收货，老实告诉你，如果早知道周亚迪回来，我宁愿交给他来做。”

胡经见刘亚男提起生意的事，松了口气，这才坐了下来，拿起个苹果一边削皮一边说：“周亚迪，他没几天好活了。”又想起什么似的，把手里削了一半的苹果和水果刀一丢，站起身在身边一个手下胸前的衣服上蹭蹭手，走到里屋门口撩开门帘，见王工和宁志正忙活着，问道：“怎么样？”

王工知道胡经对宁志不放心，看了眼宁志对胡经点点头：“放心吧。”

胡经狐疑地扫了眼宁志，退了出去。王工回过头，看着面前的一对试管摇摇头，拿着量杯一瘸一拐地走到宁志跟前：“再来点样品。”宁志麻木地从油纸包里取出一勺倒进王工手中的量杯里，没好气地说：“你这没完没了的，到底能不能弄出来？你知道你浪费了多少货，这些货值多少钱吗？”

王工笑着看着宁志说：“弄出来大家发财，弄不出来我全家都得死。”

“你要弄不出来，我也得死。”

走到实验台前的王工回过头看着宁志：“你只是个带货的，货带不到会死，没货带也死吗？”

宁志垂下眼皮，看着手里还剩半包的样品发起了呆。王工转身面对着实验台，看了眼试管架上一支里面残留着一些液体的试管，眼角露出一丝不易觉察的笑，轻轻地回头斜眼看宁志，见宁志低着头似乎在眯眼打盹儿，眼珠一转，低头用笔在纸上记录起来。他身后的宁志偷偷地抬起眼皮死死盯着王工，眼睛里也露出一丝笑。他见王工在纸上记录完，忙低下头继续打起盹儿来。王工忙活了一会儿，走到宁志面前拍了拍他的肩膀将他叫醒，对睡眼惺忪的宁志晃了晃量杯。宁志不耐烦地又给了他一勺样品，换了个姿势接着打盹儿。

墙上的时钟一分一秒地过去，转眼到了晚上九点。王工再次在纸上记了几笔，瘸着腿大步走出屋子，一把扯下面罩对着屋外说：“大功告成。”

只听胡经高兴地一拍巴掌，兴奋地冲手下大声张罗道：“准备走。”

就在王工走向门口的那一刻，宁志翻身站起来，凑到实验台前，瞥了一眼王工记录的那张纸，回头看了眼站在门口邀功的王工，翘起嘴角，不屑地笑了笑。

王工回到屋内一边收拾实验台上的物品，一边问宁志：“对了，你也要过境吗？”

“当然，我带这趟货，就是为了出境。”

“怎么？得罪了人？”

“算是吧。”

王工停下手里的活儿，回过头看着宁志说：“我和你挺聊得来，你和他们手底下那些打手混混儿不一样，所以我劝你一句，这趟你别跟。”

宁志仔仔细细地将手里的半包样品收好，走到门口回过头对王工笑了笑：“谢谢提醒。”

4

后半夜时，所有人按照胡经的意思，依次步行出了村。雇来的三个脚夫轮换着背着王工，一行人沿着小河一直往西，深一脚浅一脚地朝边境线走去。河边都是石头，白天光线好，走起来都有些吃力，更别提大半夜摸着黑走。没多久，所有人大口地喘起气来，背王工的那三个人更是上气不接下气，时不时还因为一口气没捯利索咳嗽两声。每当此时，胡经必然上前骂骂咧咧给咳嗽的人脸上来一巴掌。宁志一言不发地走在刘亚男身前，尽量为刘亚男探出一条相对平缓的路来。渐渐地，河水开始变得湍急，脚下的路越发艰难，所有人都几乎手脚并用才能保持前行。宁志见刘亚男走得越来越吃力，试探地向刘亚男伸出手去。刘亚男没有推辞，一把拽住他的胳膊，二人相互搀扶着跟着胡经继续前行。就这么跌跌撞撞地走了一个多小时，左边出现了一条土路。胡经带着众人上了那条土路，脚下顿时变得平坦。胡经这才放慢脚步，低声说："在这儿多耽误一分钟，就多一分钟危险，一会儿过了境再休息吧。"他扭头看了眼背王工的那三个人落到了最后，说："加把劲儿，把人送过境，一人多给一万。"那三个人一听有钱赚，顿时来了精神，也忘了之前的疲劳，擦了把汗大步流星地跟了上来。胡经一边在头里走，一边借着微弱的天光观察着路边的树和石头。

一行人顺着这条路又走了一小时，胡经停了下来，仔细辨认着路边的两棵树和树下的石头，许久，转过身说："最后一关。"带着众人下路钻进了密林。一行人又在密林中穿行了大约半个钟头，胡经又停了下来，喘着气低声说："歇会儿。"叫过一个手下指着前面说："这个方向，一直走就能看到界碑，你去探探路，人多目标大。"那人点点头，转身钻进了密林中。

大家刚坐下，三个脚夫放下王工，笑着走到胡经眼前点头哈腰地说："胡哥，到了那边还请您多多照应，我们三个人就指望您了。"

胡经抬眼看了一眼这三人，笑着说："放心吧，只要把王工带过境，你们就是自己人了。"三人一听，脸上的笑容更灿烂了："胡哥放心吧，刀山火海，在所不辞，对了，我还杀过警察呢。"

胡经一瞪眼："这么厉害？到了那边你要好好给我讲来听听，我最爱听这个。"说着看了眼坐在对面树下的那几个手下，那几个人相互对视了一眼，坏笑起来。那三人没有看到胡经和手下的这些小动作，兴奋地笑着说："好的好的。"一人拿出烟递给胡经，另一人跟着就要打火。胡经伸出腿将那打火的人踹了一个窝心脚，低声喝道："不要命了，不怕火光把巡逻队招来？"

那人急忙跪在地上连连磕头："我错了，胡哥，我不懂规矩，认打认罚。"

胡经咬了咬牙，换了副笑脸："算了算了，下次注意。"笑着凑过去，将那人扶起来，拍拍对方的肩膀说，"既然是我胡经的兄弟了，膝盖别那么软，到了那边只有别人给你跪，明白吗？"

那人抓着胡经的手，感激涕零地说："知道了，胡哥，谢谢胡哥。"这时，胡经派出探路的手下回来了，笑着对胡经说："连个鬼影也没有。"

"你在前面走，我们跟在你后面，最后一哆嗦了。"胡经掏出了枪，等那个手下走出几十米后，带着剩余的人跟了过去。果然，没走多久，周围的树木就变得稀疏了，一块半人高的界碑竖立在前方的一小片空地上。胡经三步并作两步跨过界碑，站在界碑的另一边伸开双臂对着众人说："欢迎。"

大家见胡经轻松的神情与方才紧张的样子相比就像换了个人，知道已经安全了，全都松了口气，跟着越过了边界。胡经带着一行人大摇大摆地往前又走了两百多米，在一棵树下大大咧咧地刚坐下来，就见老远有人用手电筒有节奏地打着光。胡经掏出手电筒回应了几下，一扭头对大家说："我的人到了。"

那三个脚夫高兴地将王工放下，兴奋地擦着汗，看着远方，满脸的欣喜。胡经收起手电筒的同时，手里多了把手枪，一抬手，对着那三个脚夫连开了三枪，三人没来得及哼一声就倒在了地上。胡经似乎还不放心，上前又每人补了一枪，确定三个人都死了，才扭头对刘亚男说："没办法，为了保密，我的人我处理了。你的人，用我帮忙吗？"

刘亚男看了眼身旁的宁志，对胡经笑了笑说："有劳了。"

"不客气。"胡经笑眯眯地看向宁志。宁志一看这场面，知道胡经要杀人灭口，下意识地朝刘亚男看去，哪知刘亚男避开了他的目光。坐在树下休息的王工喝了口水，不紧不慢地对宁志说："我劝过你的。"

胡经低头清了清嗓子，说："兄弟，谢谢你帮了这么多忙，帮人帮到底，再帮我一次。"

胡经掏出枪对准了宁志，毫不犹豫地扣动了扳机。谁知枪没响，胡经皱皱眉头，打开弹夹一看："妈的，刚才把六颗子弹打光了。"说着手就伸进口袋里摸索起来。宁志惊恐地看看王工，又看向刘亚男，问道："大姐，这算是怎么回事？"不等刘亚男说话，王工说："胡哥，这小子挺聪明，要不留下来给我打个下手。"胡经摸出子弹，一边往弹夹里压一边说："人有的是，到了那边我给你找更好的。"他话音未落，就见宁志突然一步蹿到王工面前，手里不知什么时候多了一块石头，对准王工的头砸了下去，只听"嘭"的一声，王工闷声朝一旁歪去，那条瘸腿不停地抽搐着。胡经骂道："我靠。"他举起枪还没扣动扳机，宁志往前一步挺着胸脯对胡经说："开枪啊，打死我就再也没人知道配方了。"胡经一下愣在了那里。宁志见胡经被自己喝住，看看手里带血的石头，转身对准王工的脑袋又连砸了几下，一边砸一边说："第十六次就成功了，你他妈耍我？以为我傻吗？"

宁志从见到胡经之前就做好了计划——不想被胡经灭口，只有一个办法，那就是成为一个不可替代的人。当见到胡经后，得知自己千辛万苦带来的货是为了让王工在实验室里研究出配方后，他心里便有了主意。既然胡经是打算把王工带过境制造毒品的，那么研究出配方的王工自然而然会成为胡经心目中不可替代的人。王工自然也明白这个道理。当宁志给王工打下手时，他佯装对化学一窍不通，让王工对自己放松警惕，硬生生记下了王工每次实验的每一个步骤以及变化。正如宁志所说，王工在宁志进门后的第十六次实验时，就已经搞明白了配方，这一点是宁志根据他在成功后得意忘形的表情判定的。只不过王工本人并不知道自己在实验成功后，表情的变化居然那么大。为了安全起见，他又用错误的方式假装忙活了十几次，只为迷惑宁志。这一切没有逃过宁志的眼睛，但宁志愿意陪着他玩下去，这也是为了让王工放松警惕。成功之后的得意忘形总会让人居高临下地俯视众生，王工是深知胡经的做派的，所以也明白宁志此行凶多吉少，实验成功后的他居高临下地看着宁志，并预判着宁志的生死时，他感觉自己仿佛神一般的存在，这让他的同情心开始泛滥，甚至拐弯抹角地提醒宁志不要跟着胡经走这一趟。这些宁志当然也是看在眼里的，他假装听不懂，只是为了让自己在王工眼里更像一只可怜的蝼蚁。到时候胡经打算杀他灭口，如果王工愿意出手相救，胡经若给王工面子，那么天下太平；胡经若坚持要杀他，那他只能杀了王工，取代他。在路上宁志便选好了最顺手的石头作为武器，并一直与王工保持着一个既不会引起别人注意，又能随时杀了他的距离。终于，这一切都按照他预料的发生了。

胡经站在那里一动不动，瞪圆了眼睛，眼看着宁志将王工的脑袋砸成一个血葫芦，握着枪的手微微颤抖着，始终没有扣下扳机。这时接应胡经的手下牵着驮辎重的马赶了过来，一看这场面，二话不说端着枪呈扇形围住宁志。其中一个手下凑到跟前才看到树下王工的惨状，一紧张，扣动了扳机，一颗子弹擦着宁志肩膀飞了过去。

胡经这才回过神，看看地上王工的尸体，咬牙切齿地问宁志：“你……你会？”

宁志对着胡经轻轻地点了点头。胡经转过身，冲到刚才对着宁志失手开了枪的手下就是一脚，愣是将那人踹得一连退了七八步才站稳。谁知刘亚男突然拿出枪对准宁志说：“胡经，欠你的我亲手还，杀了他，咱们两清。”说着就扳下枪的击锤。胡经急忙伸手去拦刘亚男，枪响的同时，刘亚男握枪的手被胡经推歪到了一边，子弹擦着宁志的耳朵打到他身后的树上。胡经喘着粗气瞪着刘亚男：“你疯了？他死了，我的配方怎么办？”

刘亚男说：“我帮你找人。”

胡经苦笑道：“大姐，咱们能别再浪费时间了吗？如果他会，就让他来做就好了。”

“那不合规矩，他杀了你的人，我不处理好这事，以后谁还信我？”说着抬手又要开枪。胡经赶紧推开她的手，子弹再次擦着宁志的身体飞过。胡经抱着刘亚男的手不敢再放开：“大姐，算我求你了，好吗？”

刘亚男斜眼看着胡经问道：“你确定？”

胡经赶忙点头：“太确定了，我长这么大没这么确定过。”见刘亚男终于把枪收了起来，胡经舒了口气，转身看着宁志说：“你跟我回去，如果做不出我要的东西，我会让你亲眼看着自己的皮是怎么被我一层层剥下来的。”

宁志冷笑着点点头，走到刚才失手开枪的人面前，夺过那人的枪，对着那人太阳穴便是一枪托，那人哼都没来得及哼一下便栽倒在地。宁志并没停手，继续用枪托砸那人，一边砸一边骂道：“差点死在你手里。”

其余人见状本想往上冲，但一看胡经和刘亚男只是站在一旁冷冷地看着，心里多少明白些事，悻悻地退到了一旁。胡经终于看不下去了，扭头问刘亚男："你这兄弟一直这么狠？"刘亚男一耸肩："后悔了？"说着话就举起枪对着宁志。胡经忙压住刘亚男的手："呵呵，随我，这兄弟和我有缘。"

胡经笑呵呵地走到宁志身后，闪躲开宁志的胳膊肘："兄弟，消消气。"说话间一滴血溅到他的脸上，胡经嘴角抽搐了几下，继续保持着笑脸，擦掉脸上的血，"兄弟，算了。"宁志这才停下手，猛地转过脸，胡经愣是被宁志满脸的血和杀气吓得脚下一软，生生退了一步。宁志喘了几口气，看着胡经问道："你说什么？"胡经咽了口唾沫，笑着搭着宁志的肩膀："跟我回去，一起发财，不要在这种小事上费神。"

宁志点头说："我来这儿就是为了发财。"

胡经扫了一眼他的手下："还不叫人？叫……"

"宁志。"

"噢，对，叫宁哥。"

胡经的手下急忙放下枪，齐声叫道："宁哥。"

胡经扶着宁志的后背："呵呵呵，好了，先回去再说。"说着要往前走，哪知宁志没有动。

胡经见宁志别着劲儿，于是问道："兄弟，还有事？"

宁志指着地上早已不成人形的人说："他还没叫。"

胡经愣了一下，看了眼一旁目瞪口呆的几个手下说："没听到宁哥说话吗？"一指地上的人，"把他拽起来叫人。"

被宁志打伤的枪手满脸是血，由同伴扶着勉强站着，对宁志叫了声"宁哥"，血便从鼻子和嘴里涌了出来。直到宁志点了头，才被同伴扶到一匹驮着一个大麻袋的马旁边。那马背上的麻袋突然动了一下，一旁的胡经吓了一跳，往后撤了一步："这是什么东西？"

站在旁边的一个枪手忙说："差点忘了，胡哥，这是我们路上抓来的奸细。"

胡经眼睛一亮："奸细？来来来，放出来给我见见。"几个人上前将麻袋从马背上推了下来。麻袋掉在地上，又动了几下，显然里面装着人，而且不止一个。

胡经饶有兴致地围着麻袋转了一圈："你们怎么知道是奸细？"

一个枪手蹲下身解麻袋，笑着说："嘿嘿，我认识里面的一个。"麻袋被解开后，从里面滚出两个浑身是血的人。胡经向前凑了两步，吩咐道："多来几盏灯。"几盏汽油灯同时凑到那两人跟前，胡经用脚蹬着其中一人的肩膀将那人翻过来，才发现竟然是个女人。她的手脚被反绑在身后，嘴里堵着破布，满脸的血污，眉眼已经被打得走了形，目光有些涣散，就连呼吸也极其无力，若不是仔细看，真以为她已经死了。胡经呵呵一笑：“女人？”一个枪手讨好地凑过去到胡经跟前说：“胡哥，你知道，我以前在内地穿过两天警服，后来才跟了胡哥的……”话没说完，被胡经打断：“少啰唆，说正事。”那个枪手清了清嗓子，指着地上的女人说：“她是缉毒警，很早以前就做卧底了。”

5

胡经冷笑了一下，又将另外一个人的肩膀蹬了一下，那人就势转过来仰面躺着。即便那人满脸血污，眼睛已经肿得挤成了两条细缝，站在不远处的宁志还是一眼认出，那人是之前与自己一同搭档的战友——齐林。宁志脸色微微一变，但立刻意识到自己的失态，偷偷地扫了一眼在场的所有人，发现基本上所有人的注意力都在那俩人身上，正要舒口气，余光发现刘亚男正在看着自己。宁志不动声色地假装不经意地扭过脸，刚与刘亚男的目光相接，对方便轻轻地将目光挪向了一边。

胡经拍拍手，说：“把他们嘴里的东西取了。”立刻就有人上前将堵在那俩人嘴里的破布取了出来，将二人压倒跪在地上。胡经找了个合适的地方坐了下来，看着二人的脸问道：“想聊聊吗？”那二人耷拉着头，没有半点反应。胡经歪着脑袋看了两个人一会儿，又问：“你们扮的是夫妻？”

齐林慢慢抬起头，用肿得变形的嘴吃力地说：“我们……是包总的……客人，是来和包总……做……做生意的。”

胡经笑了笑，扭头对刘亚男说：“亚男姐，你看看现在这些警察的素质，演技这么浮夸。”

刘亚男的脸隐在亮光之外的黑暗处，静静地看着跪在地上的两个人，也不搭理胡经。胡经见讨了个没趣，回过头看着齐林说：“大家都挺忙的，别绕弯子了，说说吧，来这里干什么？和谁接头？”他一边说，一边扫视着自己的手下。目光所到之处，除了宁志和刘亚男，每个人都下意识地往后退了半步，向胡经证明着自己的无辜。齐林抬起头看到了宁志，一仰下巴说：“他，和他接头。”胡经的手下一听，顿时警惕起来，纷纷举起枪对着宁志。

宁志脸上挂着淡淡的微笑，静静地看着齐林，一言不发。胡经看了眼宁志，呵呵一笑：“那你说说他叫什么？”

齐林明显愣了一下，但很快说：“烟头，他的代号是烟头，他真名叫郑勇，至于他怎么跟你介绍他自己，我就不知道了。”

宁志依旧那么看着齐林，面无表情。胡经哈哈大笑，拔出枪，对准那女人的脑袋，对齐林说：“别逼我干我不愿意干的事，今天杀了太多人，份额已经超了，我答应过佛祖每个月最多超度五个人，今天用完了，还剩下那么多天怎么办？还他妈烟头，还他妈郑勇？”

齐林叹了口气，垂下头苦笑着：“呵呵，说得好像我说了你就会放过我们似的。”胡经枪口一偏，对着齐林的肚子开了一枪，齐林浑身一颤，一头栽倒在地上，血从身下流了出来。

胡经接着把枪口对准那女人：“他不说，你说吧。我看你长得挺好的，死了怪可惜的，有没有结婚啊？有没有小孩？不为自己考虑也考虑考虑家人嘛，别那么自私冷血。”

女人抬起头盯着胡经看了一会儿，说：“金三角到处都是我们的战友，你求你的佛祖保佑你千万不要走神，一旦让我的战友们抓住机会，相信我，你一定会死得很惨。”

胡经扭过头对刘亚男说：“看看，现在感觉好多了，非常真实。”

刘亚男瞥了眼胡经，还是不说话。胡经又对那女人说：“你应该感谢佛祖，我今天真的很忙，不然一定让你知道什么叫作惨。”话音未落，对着那女人的头开了一枪。女人没来得及发出任何声音，睁着眼仰面躺倒在地上，眉心多了一个骇人的弹孔，黑红的血跟着涌了出来。

胡经站起身向身边一个人伸出手，那人赶忙从腰间抽出一把将近一尺长的匕首，递到胡经手里。胡经抬脚踩住奄奄一息的齐林的肩膀，一只手揪住他的头发，另一只手举起匕首猛地一下刺穿了他的脖子。只听齐林喉咙里发出几声呼噜声，鲜血顿时顺着刀刃喷射出来，溅到了胡经的脸上。胡经狠狠骂着："谁的地盘都敢闯，简直无法无天，算他妈什么执法者。"一边骂一边使尽全力，硬是将齐林的头割了下来，一转身将滴着血的人头丢到身后一个枪手怀里，那枪手抱着人头吓得脚下一软瘫坐到地上。胡经在那个枪手的衣服上蹭了蹭手上的血，吩咐道："去，放到界碑上去，摆正一点。"说完又将那女人的头也割了下来，想了想丢给宁志："兄弟，帮个忙。"

宁志一把接住胡经丢过来的人头，看了眼抱着齐林头颅的那个枪手，已如一摊烂泥般瘫在地上浑身发抖，回头对胡经说："那个也交给我吧。"胡经看了眼宁志，满意地点点头。宁志上前从那人怀中揪起齐林的头颅转身向界碑走去。宁志走出人群隐没在黑暗中，确定没人能看得到他的脸时，眼泪瞬间涌了出来。

胡经看着宁志步伐稳健的背影，咂咂嘴，抬腿踹了瘫在地上的那个枪手一脚，骂道："真他妈给我丢人，看看你们宁哥，都他妈学着点，你以为那些警察抓住你会给你活路？"又回头对刘亚男说："你这个小兄弟有潜力。"刘亚男静静地看着宁志的背影越走越远，双臂抱在胸前，抬起头看了眼漆黑的夜空，问胡经："你不觉得冷吗？”

宁志缓步朝界碑走去，张大了嘴巴，无声地哭泣着，任由眼泪往外涌。他走到碑前停下脚步，将齐林和那连名字都不知道的女警的头颅面朝着境内的方向端端正正地摆在界碑上。他没有多作停留，转过身就手抓了把野草擦拭着手上的血，借着黑暗，抹去了脸上的泪痕，看着不远处的那团光亮已变得模糊，跳动着，在这深夜的丛林中就像是鬼火。他觉得应该害怕，却想不起害怕的感觉；他觉得应该回头，逃离这一切，双脚却迎着那团鬼火大步向前，毫不迟疑。他知道那鬼火模糊且跳动着是因为自己眼里还残留着泪水，他明白自己必须坚强，不能再流出一滴眼泪，否则那些鬼会将自己撕得粉碎。

那团光亮渐渐清晰，只不过是几盏燃烧的汽油灯罢了。那些鬼影已不再跳动，变成一个个人形站在那里，迎面看着他。

“从现在开始，我就是这里最恶的鬼，是能把面前这群鬼生吞活剥、让它们永世不得超生的恶鬼。从现在开始。”宁志在心里对他们说。

五
回去会死得更惨

1

清晨的第一缕阳光刺破了仿佛已一万年不曾光明的世界，阴冷和黑暗嘶鸣着四散逃开。还未来得及散去湿气的清风欢快地拂来，带着淡淡的霉味亲吻着大地上睡眼惺忪的生灵。一片绚丽的罂粟花舒展着身姿，随风轻轻晃起一片波浪，沙沙作响。

“好漂亮。”宁志站在山顶望着眼前这一切感叹道。

“看到没，全是钱。”胡经搭着宁志的肩膀欣喜地看着山下的罂粟田，眼里闪着光。

刘亚男双手叉在腰上活动着脖子：“你又开

了不少荒啊。”

胡经叹了口气：“没办法，庄稼人，看见地荒着心里就不舒服。”

跟着胡经的一众保镖对眼前的这一切早已习以为常，见胡经心情似乎不错，再加上奔波了一夜终于真正到了自己的地盘，也放松了，就地坐下来。刘亚男看了宁志一眼，对胡经说：“你不是有配方了吗？可以不辛苦了。”

“赚快钱呢，当然得靠你的配方，但是要赚大钱，最后靠的还得是我的庄稼，再怎么说这也是纯天然绿色食品，不久的将来只有有钱人才消费得起。”胡经闭起眼，陶醉地深吸了一口带着罂粟花香的空气，“赚钱，当然要赚有钱人的钱。”

休息了一会儿，众人下了山，顺着田埂在罂粟田中向西穿行。罂粟田中劳作的农民，面对着这片看起来十分繁茂的胡经口中的“庄稼”却没有半点欣慰的样子，他们形容枯槁、目光呆滞，见到这么一队人经过，只是停下了手里的活儿，勉强直起看上去好像根本直不起来的腰板，呆呆地看着胡经等人。宁志面无表情地看向那些农民，与他们那空洞的眼神接触时，竟然打了个寒战。他抚去手臂上泛起的鸡皮疙瘩，避开了那些农民的目光。

一阵汽车引擎的轰鸣声由远而近，放眼望去，几辆越野车停在了不远处的田边。几个人从车上下来，靠在车边的阴凉处抽起烟来。其中一人攀上引擎盖，手搭凉棚朝田里张望了一下，一眼看到田里的胡经，急忙丢掉手里的烟，快步迎了上去。其余人顺着他的方向一看，纷纷丢了烟跟着迎了上去。跑在最前面的那人在距离胡经还有十来米的地方，脚下突然一滑，整个身体失去了平衡，滚下了田埂，压倒了一片罂粟。胡经一瞪眼，三步并作两步跑了过去，蹲下身小心翼翼地扶起几株罂粟，一松手，枝叶立不住，又倒在一边。胡经一瞪眼，扭头给了那人一个大嘴巴。那人急忙爬正，跪在那里低着头说："胡哥，我错了。"胡经不依不饶，站起身上前连着左右开弓又是两个耳光，眼看着血从那人口鼻里流了出来。胡经对不远处的一个农民招了招手，那农民犹豫了一下，怯生生顺着田埂走了过来。胡经摸出一张一百美元的纸币递给农民，双手合十对农民微微鞠躬："对不起。"农民拿着钱目瞪口呆，不敢乱动。胡经拍拍农民肩膀，转过身见之前压倒罂粟苗的手下还跪着，抬腿就要踹。那人不自觉地一闪，膝下一滑又栽倒在身后的田中，又将一片罂粟压倒在地。他慌乱地从地上爬正，对着胡经不停地磕头求饶："胡哥饶命，胡哥饶命。"

胡经歪着脑袋嘬了下牙花，从口袋里掏出了枪。那人爬上田埂，爬到农民脚下，把口袋里所有的钱掏出来塞到那农民手里，一边捣蒜似的磕头，一边不停地说："对不起对不起对不起……"那农民看看脚下的人，又看看胡经，站在那里一副不知所措的样子。

胡经想了想，把枪丢在那人身边。那人看到枪，顿时泪流满面，但还是看得出他好像松了口气。他苦笑了一下，颤颤巍巍地从地上拿起枪，一边哽咽着，一边将枪口对准了自己的太阳穴。他鼓了很久的勇气，突然闭上眼，大叫了一声扣动了扳机。枪没有响，那人睁开眼，已是满头大汗。胡经嘴角微微一撇，把玩着手里的几颗子弹，扭头向路上走去。

路并不平坦，到处都是蓄满了不知什么时候下的雨水的小坑。胡经的车队在这条路上飞驰，车轮轧过那些小坑，将本来已经澄清的雨水碾成混浊的泥水飞溅起来。路边玩耍的一个小孩，远远就被大人一把拽到怀里护着，他们惊恐地看着胡经的车驶过，身上、脸上满是车轮溅起的泥点，也顾不上擦，一直目送着那几辆车驶出了视线。

宁志与刘亚男和胡经坐在同一辆车内，他小心地看着车前的路。这种路况和这个速度让他有些紧张，不自觉得抓紧了车门上的把手。胡经则显得格外放松，满足地伸了个懒腰，说："可算到了，还是在自己的地盘踏实。"说话间，他的手不经意触碰到了刘亚男的肩膀，刘亚男斜眼看着他的手。胡经觉出不对，触电一般收回手坐正，连连道歉："得意忘形，得意忘形，见谅见谅。"刘亚男看了眼胡经，将视线重新投向车外。胡经这才松了口气，靠在椅背上闭上了眼睛。胡经像是想起了什么，脸色突然一沉，问司机：“刚才压着罂粟的那小子，我怎么觉得眼生？”

司机说：“他以前一直是运货的，最近家里缺司机，就叫来帮忙了。”

“他叫什么？”

“杜伦。”

胡经默默地点点头，扭过头看向车窗外，不再言语。

没多久，车前方的密林深处出现了一大片空地，漆成白色的栅栏围着几栋精致的竹楼，与之前路边那些低矮的茅屋相比格外气派。守卫看到胡经的车，赶忙把端着的枪背在身后，将铁门推开，等车队驶入院内停了下来，又赶忙把大门关好。

“各位先委屈一下，我山那边的别墅正在建，很快就完工了。”胡经推开车门下了车，对从里面迎出来的两个女佣吩咐道：“带亚男姐去房间，一小时以后开饭。”

胡经看着刘亚男跟在女佣身后进了屋，上前搭着宁志的肩膀，对院里的所有人说：“来来来，都来叫宁哥，这是我兄弟。”众人纷纷点头朝宁志打招呼。胡经亲自将宁志带进竹楼，安排到楼上的一个房间内。宁志发现，这竹楼虽然比普通的混凝土建筑简陋，但里面的设施十分齐全，单是胡经给他安排的这间客房，起居室内不仅有专门的卧室，居然还有单独的卫生间，浴缸、抽水马桶一应俱全。宁志拧开水龙头，清亮的水哗哗流了出来，不一会儿水就热了，他不禁有些吃惊："这水……"

"是我找人从山上引下来的泉水，先凑合凑合吧，这边条件差一点，不过千万别客气，就当自己家一样。"胡经拍拍宁志的肩膀，打量着宁志的身形，"累了吧，洗个澡，我马上派人给你送衣服来换，收拾完下去吃饭。我在这里给你和亚男姐接风，好好喝两杯。"

胡经情绪高涨，可能是因为真的回到自己的地盘了，好像一直都很高兴，离开客房下了楼还能听到他的笑声。这个所谓的临时据点很会选地方，恰好在两座山之间的风口里。在金三角这种潮湿闷热的地方，居然偶有几丝凉风吹过，让人有种说不出的惬意，若不是院外几个带着枪巡逻的枪手不时经过，会让人一时忘记这里是东南亚最大的毒品王国。

宁志看着眼前这个陌生的地方，心里明白，这个任务的第一步已经成功了。但他并没有因此感到丝毫成功的快感，反倒有种脱力似的疲惫感，就像远处烟笼雾罩的群山，朦朦胧胧看不清面目。连日的奔波和杀害总让他以为自己只是在梦中，但身上残留的血渍像一把钢锥一样刺入他的双目，提醒他身处流弹纷飞的战场，稍有不慎就会命丧于此。他觉得累，但不敢闭眼，甚至不敢让精神有半点松懈，他害怕齐林血淋淋的头颅会浮现于眼前——睁着眼望着境内，血顺着界碑不停地往下淌。宁志用力甩了甩头，拍打着自己的脸，疯了似的撕扯掉身上满是血迹的衣服，像是要摆脱缠在自己身上的毒蛇一般。他钻到卫生间，将喷头的水流开到最大，任水冲刷着自己的身体。当他明白有些东西永远也不可能被冲刷掉后，只觉得一直憋在胸中的那口气泄了。他垂着头，扶着浴室湿漉漉的墙壁，慢慢地蹲了下去，双臂紧紧地抱着自己的肩膀，蜷缩在那里，宛如一个被母体抛弃的胎儿，在这冰冷的世界里瑟瑟发抖。

2

太阳从西边的山头收回最后一缕余晖，金三角渐渐隐没于黑暗之中，虫鸣声、蛙声此起彼伏，恍若乡村田园普通的夜。胡经的院子里张灯结彩，喧哗声越来越大，惊得几条刚出来准备觅食的毒蛇又缩回了草丛。

院内摆着几张桌子，美酒佳肴一应俱全，让人全然忘记了这里是丛林深处。整个院子被高处的几盏大灯照得仿佛白昼，换洗一新的胡经举着酒杯，与围坐在一张桌上的宁志和刘亚男频频碰杯。眼看着宁志将杯中酒一饮而尽，胡经哈哈一笑，站起身一仰脖子，干了自己杯中的酒，伸着脖子打了个嗝儿。他想坐回去，谁知一屁股出溜到了地上，摔了个四脚朝天。身后一个保镖急忙扶起他，在他耳边不知说了句什么。胡经醉醺醺地一摆手：“扶我去厕所。”走了两步又回过头抱拳：“不好意思，丢脸了，宁志，够意思……等我回来我们再喝。”

胡经左脚绊着右脚踉踉跄跄，几乎半伏在别人身上才能走路，到屋后没人的地方，突然推开扶着他的人，全然没了之前的醉态：“说吧。”

那人四下看看，说：“我们找的杀手被人干掉了。”

胡经瞥了眼那人，解开裤腰带对着墙根一边撒尿一边问道：“什么人干的？”

“现在还不清楚，但手法很专业，你看……还找人吗？”

胡经撒完尿，打了个冷战反问道：“你说呢？”

“明白。”

“再出娄子，你就自己进去，干不掉周亚迪，就在牢里面养老吧。”胡经话刚说完身子就又摇晃起来，一把搭住手下人的肩膀，脚下发着飘，含含糊糊地说，“扶……扶我回去，我今天得给宁志……给宁志定个量，哈哈哈……”

刘亚男看着胡经一摇三晃地走回来，看了眼宁志，说：“我们的交易算做完了吧？”

宁志举起杯说：“谢谢亚男姐。”见刘亚男并没有举杯的意思，微微一笑，喝了口酒，仰头望着天空长舒了一口气："到了这儿，我的心算是落了地，再也不用担心警察抓我了。"

刘亚男默默地举起杯抿了一口酒，看着别处说："上了这条路，总没有什么好下场，不是死在警察手里，就是死在同行手里，你见几个毒贩子长命百岁的？"

"我还真知道一个。"

刘亚男回过脸看着宁志："谁？"

"英国的维多利亚女王，活了八十多吧。"宁志笑着从桌上拿了片切好的水果塞进嘴里嚼着。

"谁活了八十多？不腻味吗？"胡经走过来一屁股坐在椅子上大着舌头说，"依我看，活到六十就够了，你说是吧。"一手搭着宁志的肩膀，"活那么大岁数干什么？非得裹着尿布老死在床上吗？有多少钱都没用，男人嘛……哦，对了，宁志，今晚为给你接风，第一次来，一路上辛苦，多喝点，放松放松，马上咱们可要做大买卖了。"举起杯看着刘亚男："对不对，亚男姐？"

刘亚男与胡经碰了下杯："那先恭喜胡老板日进斗金。"

"哈哈哈……"胡经扯着嗓子放肆地笑着，陡然脸色一沉，咬着牙说，"现在就剩下一个大麻烦了，一天不弄死他，我一天不舒服。"

刘亚男笑着说："那个周亚迪你见都没见过，为什么那么怕他？”

“怕他？”胡经扯着嗓子瞪着眼睛说，“我是恶心他，自从赶走了姓周的，怎么感觉像是踩了坨狗屎一样，老是有股臭味跟着你，不把他们清理明白，这臭味就散不掉。妈的，干掉了老的，又来个小的，他们姓周的根本就是蟑螂。”就像真的闻到了什么臭味似的，胡经皱着眉头用手在鼻子前扇了扇，端起杯子又将一大口酒灌进肚里，酒杯还没放稳，他整个身子一软，一头栽倒在身后的保镖身上，彻底醉了。

胡经一走，整个酒局算是告一段落。宁志与刘亚男互道晚安，各自回了房。

或许是因为酒精的作用，或许是因为他真的太累了，这一夜是宁志最近一段时间睡得最踏实的一觉，连梦都没有做一个。一直快到第二天中午他才醒来，简单洗漱了一下推开门，发觉整个竹楼格外安静，没有半点金三角毒窝的感觉，倒像是一个度假的地方。宁志下楼见胡经和刘亚男正坐在竹楼的门廊上，围着一张摆满了水果和茶点的小桌闲聊着。胡经见宁志下来，笑吟吟地站起身招呼：“起来了？休息得怎么样？我这里还算安静吧？过来吃点东西。”

刘亚男诧异地看着胡经：“你是不是殷勤得有点过头？太假了。”

胡经一板脸：“亚男姐说的是什么话？整个金三角，谁不知道我胡经对朋友好？更别说是远道而来的朋友。”

宁志走到桌前坐下，喝了几杯茶，随便吃了几口东西，拍拍手说：“可以开工了。”胡经愣了一下，随即哈哈笑着对刘亚男说：“我就说宁志兄弟的性格和我一样，一个字：爽。”起身搭着宁志的肩膀，走到院子西侧的一间木屋前，推开门，里面各种化学实验器材一应俱全。胡经看着宁志说：“兄弟，拜托你给我们露一手。”

宁志看了眼面无表情的刘亚男，背着手走进房间审视了一圈，满意地点点头，走回到门口，对胡经等人做了一个“请”的手势。胡经干笑了两下，说：“不要打扰宁哥做事，出去，全部出去。”胡经把除他以外的所有人都让出门外，关好门看着宁志，摊开手说：“开始吧，让我开开眼。”

宁志笑着又将门打开，“胡哥，不好意思，保命的手艺，见不得人。”

胡经的眼珠子转了转，一边卷衣袖一边说：“我可以帮你打打下手的，我跟你讲，我读书的时候，化学老师做实验时最喜欢让我给他当助手，氢二硫氧四是硫酸对不对，我写给你看。”说着就要在实验台上比画。宁志伸手搭着他的肩膀，硬是把他带到门外：“胡哥，不好意思。”不由分说把胡经关在了门外。胡经还是有些不甘心，脸贴着门说：“宁志兄弟，咖啡还是茶？要不要水果？对了，山下的兄弟拉来一些榴梿，非常不错，要不要给你……”他话没说完，门开了，宁志站在门内对他笑了笑：“胡哥，不好意思，你这样我没法儿干活。”

胡经干笑了两下，点点头：“好好好。”转头对身边的人喝道：“听到没有，谁都不许打扰宁哥做事。”

宁志说：“给我个火。”一人赶忙掏出一只打火机递给宁志，宁志摇摇头：“要火柴，还有蒸馏水。”

胡经看看打火机：“火柴和打火机……有什么分别？”说完愣了一下，照着手下后脖颈拍了一把：“听到没有，宁哥要火柴，快去找，还有硫酸水。”

“是蒸馏水，纯净水也可以。”宁志纠正道。

胡经指着屋内的水龙头说：“这里面的水龙头打开就是纯净水，这套设备是意大利的，光运到这儿就花了我不少钱。”

这时有人拿来火柴，宁志接过来看看，又将胡经关在了门外。胡经站在木屋门外，低头沉思了一会儿，走到刘亚男身边低声说：“他要是做不出来怎么办？”

刘亚男正拿着把指甲刀修指甲，眼皮也没抬：“随便你。”

“可……可他是你亚男姐的人。”

“他要是做不出来，我能保住他的命吗？”不等胡经回答，又问：“他要是做出来了，我走的时候能把他带走吗？”刘亚男抬起眼皮看了眼胡经。

“呵呵，亚男姐这是给我出难题。”

刘亚男笑而不语，收起指甲刀，抬头看了眼天：“怎么这么热？”走回竹楼屋檐下躺在了竹躺椅上。胡经把耳朵贴在门上听了一会儿，嘴里不知骂了句什么，转手朝门口一个保镖的后脖颈上拍了一巴掌：“精神点。”他也回到屋檐下，坐在刘亚男的对面，一边喝茶，一边焦急地望着宁志工作室的门。

湛蓝的天空中渐渐蒙上了一层薄云，变成了浅浅的灰色，空气越来越沉闷、越来越潮湿，每吸进一口，都沉甸甸、湿漉漉地坠在心头，很快便耗尽了所有人的精力。胡经有气无力地哼哼了一声，抓起手边的冰毛巾蒙在脸上，瓮声瓮气地说：“你说挣点钱容易吗？”扯掉脸上的毛巾，坐直身子，“妈的，三四个钟头了吧？怎么还没动静？”索性站起来走到木屋门口，把蹲在墙根下几个昏昏欲睡的人挨个儿踹了一脚：“你们不是偷偷地在抽我的货吧？怎么？瘾犯了？”正说着，木屋的门开了。胡经一愣，满脸期待地迎了上去。只见宁志站在门内，将手里满满一塑料袋白色粉末丢给了胡经。胡经一把接住，对手下打了个响指：“试试。”

那个手下看着那袋白粉，一脸困惑。胡经瞪眼吼了一声：“发什么愣？”

“胡……胡哥，你不是不让我们沾这些东西吗？”

胡经上去对着那人的后脖颈就是一巴掌："有没有点职业素养？对自己的产品不了解，怎么开发市场？不沾？不沾就得挨骂。沾了的话，我一枪崩了你。去，把老黄找来验货。"说着打开塑料袋用手指蘸出一点白粉，凑到鼻子前闻了闻："嗯，色、香都对了。"

很快，保镖带着一个五十多岁，面色憔悴的驼背男人从后院走了过来。老人对着胡经鞠了个躬，看着胡经手里的东西，吸了吸鼻子，伸出两根手指夹起一撮白粉捻了捻，混浊的眼睛像老鼠眼睛似的一亮，抱着那袋东西走到墙脚背过所有人，蹲了下去。

胡经摸摸下巴，对宁志干笑着说："呵呵呵，走，宁志兄弟，辛苦了，去那边喝点冰啤酒。"

宁志摆摆手："还没验好，我的事就不算完，我做事不喝酒。"

胡经竖起大拇指说："嗯，有操守。"对周围的手下呵斥道："你们都他妈跟宁哥学学。"

在墙脚蹲着的老黄连着打了四五个喷嚏，扶着墙站了起来，慢慢地转过身来，满脸眼泪、鼻涕地看着胡经，还没来得及说话，张着嘴又打了个喷嚏。他擦了擦脸上的鼻涕、眼泪，说："极品。"说完晃了晃那袋白粉对胡经说："这袋赏我吧。"

胡经眉头一展，上前一把抢过袋子，拍了拍老黄的脸："哈哈哈，这袋不行，想要就去求宁志兄弟吧，哈哈哈。”胡经举起那袋东西像是得了什么宝贝，一边往屋檐下跑，一边冲刘亚男说：“亚男姐，我们这就去见包总。”

老黄仰着头又打了几个喷嚏，这才消停下来。宁志反身刚带上屋门，就见老黄抢上前一步，扑通跪倒在宁志脚边：“宁哥，活菩萨啊。”宁志看都没看老黄一眼，嘴角微微一翘，拍了拍手，跨过老黄，走到桌前举起一罐冰镇啤酒打开，对着胡经举了举。胡经的脸上笑开了花，举起酒：“哈哈哈哈，合作愉快！”刘亚男这才从躺椅上坐起来，伸了个懒腰，拿起酒跟二人隔空碰了个杯，仰起脖子灌了一大口。

胡经和宁志仰着脖子一口气把酒喝干，同时把酒杯重重地放在桌上。胡经擦擦嘴：“痛快。”宁志放下酒眼睛直直地盯着啤酒罐，一动不动，一言不发。胡经正要询问，宁志打了个嗝儿：“舒坦。”二人相视哈哈大笑。宁志向后一靠，伸开双臂对着天空深深地吸了口气。胡经又打开几罐啤酒：“再来再来。”

这时，远处传来一阵汽车引擎声。胡经警惕地朝大门口望去，守卫对他挥挥手。胡经笑了笑：“自己人。”不多时一辆车开进大门在院内停了下来，一个人从车上下来，径直跑了过来对胡经说：“包总那边约好了，晚上就能见。”

胡经冷哼了一声：“他说见就见？”

来人稍稍迟疑了一下，说：“另外，干掉周亚迪的人已经安排好了，人已经在牢里了。”

胡经一听这话来了精神，坐到椅子上：“哦？”那人凑到胡经耳边还没来得及说话，被胡经一脚踹开：“说了都是自己人，敞开了说。”

“是周亚迪底下的人，成了给点钱，办砸了的话，灭他全家。”

胡经有点意外地看了眼那人，哈哈大笑起来：“你他妈的得我真传，来，喝几杯？还是冰的。”

“不了，我还要办事。”

“告诉姓包的，我最近忙着开发新产品，暂时没空见他，等忙完了再说。”胡经看着得力的手下开车离开，满脸洋溢着得意，举起酒：“来来来，接着来。”

3

宁志成功制出新型毒品，对于打算在金三角独领风骚的胡经来说无疑多了一张王牌。但这张王牌没有主人，换言之，宁志可以在他胡经这里，也可以去包总那边。然而，胡经最担心的并不是宁志跑去包总那里，而是万一刺杀周亚迪的计划失败，宁志投奔周亚迪，那对自己来说，无疑是送了对手一把宝剑。如果王工不死，胡经是完全有把握掌控他的。可宁志，胡经对他的了解几乎为零。不能掌控的武器就是危险。换作平时，这样的牌，胡经宁可毁掉也不会给对手任何机会，可现在的情形对他而言有点不同以往。金三角不再太平，他感觉到冥冥之中有什么在跟他作对，阻碍着他坐上金三角的王座，还要将他彻底毁灭。随着刺杀周亚迪的计划一次又一次地失败，这种感觉也越发强烈，现在除了宁志脑子里的那个配方之外，他手里已经没有其他牌可以打。只要掌握好这张牌，制出新货与刘亚男的老板建立起巩固的供需关系，那么别说包总，就算是金三角最大的军阀丹雷也会对自己有所忌惮。到那时，就算周亚迪不死，也对他构不成任何威胁。看着成日忙碌在木屋里的宁志，胡经明白，不到万不得已，这张牌不能毁。除非……

经过数日的不断摸索，宁志制毒的速度越来越快，单次的量也越来越大。胡经看着这些成绩喜忧参半，心里就像住着一窝蚂蚁，时而让他痒，时而又让他疼。胡经的这些复杂情绪，宁志统统看在眼里。他再清楚不过，自己在这里的价值就是那个配方，那是他的命根子，如果这个配方被更替，或者被这里的其他什么人掌握，损失的就不只是自己的性命那么简单了。要知道，这个配方可是他亲自带来的，如果被胡经的人学去，自己岂不成了助纣为虐的刽子手？到那时，就算是死也不能瞑目了。

这一天开工前，宁志正在屋内仔细检查着实验仪器，胡经又没事人似的背着手溜达了进来，就像个巡视工厂的车间主任。可这间用来制毒的屋子并不大，满打满算不到四十平方米，其中大半还被工作台和各种设备占满，剩余的空间刚够宁志一人转身，现在又多了个胡经，整个空间一下逼仄起来。宁志转个身都不方便，无奈地看了眼胡经。胡经见宁志看他，忙摆摆手："不用招呼我，你忙你的，我随便转转。"

宁志走到门口，对胡经做了个"请"的手势。胡经嘿嘿一笑，觍着脸说："宁哥，你也教教我呗。"说着拿起一个烧杯，"其实我真的是个化学发烧友，看到这些瓶瓶罐罐就手痒。"

宁志看了眼胡经手里的器皿，纠正道："那是烧杯。"

"嘿嘿，我知道，我知道。"

"胡哥。"宁志再次示意胡经离开。胡经见赖不下去了，只好抓抓头，不情愿地出了门，站在门外微笑着看着宁志，慢慢地亲手将门关好，宁志面无表情的脸也慢慢地被门挡在了里面。门刚关好，胡经就收起笑脸，嘴里不知骂了句什么，恶狠狠地做了个捏碎的动作，对守在门外的几个人吩咐道："照顾好宁哥，谁都不许进去。"

正午刚过，宁志从里面打开门，手里托着两袋白粉，站在门槛上左右看了看，没有看到胡经，就问门口的守卫：“胡哥呢？”守卫指了指院内：“在后面的凉亭。”殷勤地伸手要接宁志手中的袋子。宁志把袋子递给守卫，说：“我交到你手里的可是极品货色，一会儿胡哥那边验出不对，我只能说是你换了。”说完也不理会那守卫已经变了色的脸，大摇大摆地朝竹楼走去。那个守卫只好高举着白粉，紧紧地跟在宁志身后。

这时就见两个人从另外一边走了过来。宁志停下了脚步，来人一个是胡经的贴身保镖，另外一个是他刚到金三角那天，因为压倒了罂粟苗，差点被胡经“正法”的杜伦。宁志对胡经手底下的人并不熟悉，主要是胡经总是刻意让自己手下与宁志保持着距离，尤其不许他们和宁志闲聊。宁志明白，胡经担心的有两件事：第一，胡经不信任他，怕手下言多必失，说一些不该说的话；第二，胡经不信任自己的那些手下，怕那些手下暗地里帮包总或者其他对头争取他。杜伦是他唯一知道名字的，也只是因为来的那天胡经在车上问过。至于那个保镖，看得出是胡经在这里最信任的人了，没事的时候时刻跟在胡经左右，有事都会优先派他去做。

杜伦赔着笑脸问胡经的保镖：“知不知道胡哥找我什么事？”保镖摇了摇头。杜伦看了眼保镖那毫无表情的脸，又问道：“那胡哥心情怎么样？”保镖瞥了眼杜伦：“刚才还好，谁知道现在什么样，他那脾气，你又不是不知道。”杜伦叹了口气，小心地问道：

“是不是还是因为上次我压坏烟田的事？”保镖显得不耐烦了：“去了不就知道了。”抬头见宁志站在楼前，打了个招呼：“宁哥好。”看了眼宁志身后守卫双手托着的白粉袋子，笑着说：“宁哥今天收成不错。”宁志问他：“胡哥呢？”保镖说：“我正要去找他，我带你去吧。”杜伦跟在后面对着宁志微微鞠了一躬：“宁哥好。”

宁志点点头，发觉杜伦的脸色十分不自然，一看就是在刻意地隐藏着内心强烈的不安。还没走到凉亭，就听到了胡经和刘亚男的笑声。宁志绕过面前的一棵老树，见那两人不知聊什么了，笑得前仰后合。胡经远远看到了宁志，起身张开双臂迎了过来。宁志见躲不掉，只好尴尬地与胡经拥抱在一起：“胡哥，每天见一百多次，用不用每次都这么隆重？”

胡经放开宁志，拍着宁志的肩膀一本正经地说：“当然要隆重，你是贵客嘛。”说这话时，目光落到宁志身后那个守卫手中的白粉袋上，装作不在意地收回目光，给宁志让了一个座。

“亚男姐，”宁志对刘亚男点点头，坐到椅子上，从果盘里拈起一片水果丢进嘴里，边嚼边说：“我觉得胡哥是在和我见外。”

胡经一愣，哈哈笑起来：“对对对，好兄弟不见外，哇，今天这么快就搞出这么多？”

宁志举起双手，快速地活动了一下十根手指，说：“熟能生巧。”

胡经拿过白粉放在桌上，像是欣赏什么宝贝似的，眼里放着光说：“一会儿就拿这两包货去见包总，我等不及想要看看他见到这批货以后的脸是什么样了，哈哈哈。”环视了一圈，拍拍手说：“今晚就你们跟我一起去。”

保镖忙凑上前说：“就这点人，不够吧？”

胡经走到刘亚男身边，说：“巾帼不让须眉的亚男姐，一个人顶你们一群。”又走到宁志身边：“宁志兄弟，谁不服上来比画比画，有没有？”最后走到保镖身边：“你跟我多少年了？”

保镖愣了一下，不觉伸出手指开始算。胡经哈哈一笑，握住保镖的手：“十五年，你跟我那年十七岁，替我挡的刀加起来能剁二斤猪肉馅儿了，替我挡过的子弹这一把枪装不下。”胡经说着掏出枪丢在桌上，“咣当”一声，吓得一旁的杜伦一激灵。杜伦意识到自己的失态，赶忙看在场的其他人，见没人在意他，舒了口气。

胡经捶捶保镖的胸口，一字一顿地说：“忠义，这就是忠义。来，你说说胡哥对你怎么样？”

保镖一挺胸：“那没话说，我以前贱命一条，要不是胡哥，我早被人砍死扔在竹林里了。我现在娶了三个老婆，有四个儿子、两个女儿，我外国的银行户头上现在有……”说着又掰着指头开始算。胡经笑着拦住他。保镖又是一挺胸：“这个我得说，我在外国的银行户头上，少说也有两百万美元，这还不算胡哥平时给我的红包。我的命，胡哥的。”说完一拍胸脯，像是被自己感动到了。

胡经笑着走到跟宁志来的那个守卫面前，对着那人的后脖颈就是一巴掌：“你在这儿干什么？滥竽充数啊？把后院的车洗洗去。”那个守卫似乎有些失望，点头转身要走，屁股上又挨了胡经一脚，一个趔趄差点栽倒。“动作快一点，磨磨蹭蹭的。”胡经看着那个守卫的背影骂道。等那个守卫走出了大家的视线，胡经来到杜伦旁边，搭着杜伦的肩膀：“还有杜伦兄弟，论胆色、论忠诚，几个比得过，谁敢眼都不眨就对着自己脑袋开枪，谁？谁敢？”

杜伦不知胡经葫芦里卖的什么药，只好干笑着点点头。“在我这里，杜伦兄弟独一无二，谁都怕他，因为他是警察。”胡经话音未落，保镖抬起腿照着杜伦后腰便是一脚，杜伦闷哼了一声，像个麻袋似的飞到了墙角。保镖上前对着杜伦后脑勺儿就是一拳，正挣扎着想站起来的杜伦浑身一软，瘫倒在墙角。保镖从后腰摸出一小捆尼龙绳，三下五除二将杜伦绑得结结实实，扔到椅子上，然后拿起桌上的一杯冰镇饮料连冰块带水泼到杜伦脸上，杜伦这才清醒过来。

胡经走到杜伦面前，看着杜伦的眼睛说：“而且是受过特殊训练的警察，只有受过特训的警察一掂我的枪，就知道枪里没子弹，所以他才开枪开得这么痛快，哈哈哈……”胡经似乎很得意自己的这段推理，一边笑一边拍着手，“精彩，真是精彩。”

杜伦这时回过神来，急忙喊道：“胡哥，我不是警察。”

胡经拉了把椅子坐在杜伦身边，语重心长地说：“做人诚实一点，可能会吃点小亏，但从长远看还是受益匪浅的，警察就是警察，对不对？我也和很多警察是朋友，这有什么关系呢？前两年也有警察混到我这儿来过，大大方方地承认了，有的留下来跟我干了，有的我还给他们盘缠让他们回家去呢。所以呢，这位泰国警察大哥，你给我点面子，我既然干了这行，脑子呀智商呀什么的多多少少还是有一点点的，我求求你不要把我当傻瓜好吗？我求求你。”胡经说着双手合十对着杜伦拜了起来。杜伦听着听着，神色明显犹豫起来。胡经又说：“怎么样？你是打算当警界的烈士，还是想跟我一起赚赚钱，享受享受人生，或者回家去？”

杜伦舔了舔嘴唇：“胡哥，我真不是警察。”

胡经叹了口气，低下头沉默着，整个场面安静了下来。宁志插了一句：“胡哥，查清楚没有，别冤枉了好人。”

胡经哈哈大笑道：“宁志兄弟，我们是坏人，被坏人冤枉的只有坏人。我这个人一向很讲究，这种事讲证据才能让我的兄弟们心服口服，不然随便抓个人就说是警察给处理了，那我手下还不都人心惶惶？”胡经对身后的保镖打了个响指：“人证、物证。”

保镖对远处的两个手下拍了拍手。杜伦努力地伸着脖子朝远处望："好，我倒要看看人证，看看谁冤枉我。"他嘴上说着，眼睛却不安地望着远处，呼吸越来越急促。当他眼睛里闪出两个人影时，顿时瞪大了眼睛，张着嘴巴忘记了呼吸，愣过神后就疯狂地挣扎起来："胡哥，胡哥，你别乱来，我什么都答应你，胡哥。"

胡经回过头，看了眼被带来的一个女人和一个七八岁的男孩。母子俩被绑得结结实实，嘴里塞着布。女人拼命探着脑袋辨认着杜伦，嘴里发出呜呜的声音，眼泪大颗大颗地往下掉。杜伦对那女人说了句泰语。胡经扭头问保镖："他说什么？我听不懂泰语，不是在骂我吧？"

保镖翻译道："他说老婆。"

胡经拿起桌上的枪对着那女人，转身对杜伦说："再说一个我听不懂的字，我先一枪干掉你老婆。"

杜伦的妻子被押到胡经面前，被按倒跪在地上。杜伦连连摇头："不要啊胡哥，胡哥，我错了，我是警察，我就是为了多赚点钱才来卧底的，你要是不嫌弃，我愿意跟你干。"

胡经舒了一口气，收起枪一耸肩，"我给过你机会了，要是人人都像你这样，传出去我岂不是成了一个好人？干我这行的，是个好人，你说你们警察听到了会不会笑？我的同行们听到了会不会笑？你想让我成为人家的笑料吗？"胡经越说越气，又举起枪，用枪托一边砸杜伦的脸，一边说，"人家会拿着啤酒，一边喝一边说胡经那个毒贩子，是个好人，然后会把喝进嘴里的啤酒从鼻孔里喷出来，那种场面会印在那些人的脑子里，想起来就会笑。”胡经疯了似的一连砸了杜伦五六下，杜伦的脸顿时血肉模糊，没了模样。杜伦的妻子发出尖厉的哭喊声，那孩子早就被吓傻了，汗津津的，用惊恐的眼睛看着这一切。

胡经打累了，坐在椅子上喘着气。杜伦已是奄奄一息，他吐了口血水：“胡哥，消消气，饶了我，我没做过对不起你的事，你放了他们吧。”胡经喘着粗气说：“我……我刚才……刚才就问你，是要留下来跟我干，还是回家去。”

杜伦连连点头：“回家，回家。”

胡经喘着气点头：“好，好，回家。”

杜伦像是刚反应过来什么，挣扎着说：“胡哥，他们是女人和小孩，你别乱来。”

胡经“扑哧”一笑：“开什么玩笑，我从来不杀女人和孩子。”站起身走到保镖身边：“所以得麻烦你了。”保镖会意地点点头，摸出一把寒光闪闪的匕首，站在小孩身后，一手捂住小孩子的嘴。宁志腾地站起身叫道：“胡哥！”胡经慢慢地扭过头，冷冷地看着宁志：“啊？”

宁志正要说话，被刘亚男拽住：“别管人家的事。”

胡经赞许地看了眼刘亚男，扭头对保镖打了个响指：“我让你停了吗？”

只见寒光一闪，保镖的匕首划过了那个孩子的喉咙。只听“扑哧”一声，鲜血溅到草坪上，那个孩子喉咙里发着呼噜噜的声音，面朝下栽倒在地上。杜伦的妻子看着倒在血泊中的儿子，一口气没上来晕倒在一旁。杜伦张着嘴巴看着倒在地上还在不断抽搐的儿子，却没发出一点声音。

胡经扭头问宁志：“你刚叫我什么事？”

宁志咬着牙，紧紧攥着拳头，脖子上青筋突突地跳着，努力控制着浑身的颤抖，冷冷地看着胡经，许久，轻轻地说：“没事。”

“没事就好。”胡经又盯着宁志看了一会儿，回过头，指着杜伦的妻子：“把她弄醒，身上乱七八糟的东西清一清。”

保镖拿起一杯带着冰块的饮料照着杜伦的妻子头上泼了过去，解开了她身上的绳子，又将她身上的衣服一片片地撕了下来。杜伦的妻子任由人将自己扒得赤身裸体，从头到尾没有丝毫回应，直到嘴里的破布被取掉，才听见她嘴里不知在念叨着什么，目光呆滞地看着已经断了气的儿子。胡经一手摸着下巴，一手拖着一把铁锹，围着杜伦的妻子转了一圈，铁锹拖在地上发出“吱吱”的怪声，瘆得所有人的身上愣是起了一层鸡皮疙瘩。他看着杜伦说：“啧啧啧，你是怎么当人家老公的，把自己老婆搞成这个样子？你看看这皮肤粗糙成什么样了？”胡经转身对着杜伦的头就是一脚，将杜伦连人带椅子踹倒，“这么好的一个女人，人家嫁给你个没前途的警察，给你生儿子，你他妈不去抓贼，跑来当卧底？”胡经对保镖打了个手势，保镖将杜伦扶起来。胡经接着说：“你记住，你的儿子是你害死的，你的老婆也是。”说完抄起铁锹疯了似的朝杜伦妻子身上拍去。没几下杜伦的妻子便口鼻中开始流血，眼里已经没了神。杜伦早已哭得没了力气，只是不停地用泰语叫着老婆，目光中满是绝望与无助。

宁志腾地一下站起身：“胡哥。”

胡经回身指了指宁志的胸口，宁志低头朝自己胸口一看，衣服上有两三个亮闪闪颤抖的红点，顺着红点射来的方向望去，才发现隐藏在暗处的几个狙击手。宁志不由得心中一紧，他来这里这么久，自以为已经把这周围的地形和守卫们摸得一清二楚了，竟然一直没发现这个院落四处布置了狙击手。起初他以为胡经只是嚣张跋扈不可一世，没有把任何人放在眼里而已，所以才大大咧咧的，以至于宁志曾打算万一出现紧急情况，只要挟持了胡经就万事大吉。现在他明白了，在胡经面前，自己幼稚得可笑。这些想法从心里飞快掠过的同时，他也冷静了下来，在这个院子里，没有任何局面是他能够掌控的，所有的一切都只是胡经手里的棋子。除了刘亚男。

“宁志。”刘亚男呵斥了一声。宁志稍一思量，回过头狠狠地瞪着刘亚男："我是来干活的，不是来看人吃人的。"刘亚男微微一摆头，看了看宁志的椅子，示意他坐下。宁志转身想离开这个炼狱一般的地方，只听到一声枪响，桌子上离他最近的一个杯子被击得粉碎。宁志拍了拍溅到身上的玻璃碴儿，强忍着坐到了椅子上。胡经看着宁志叹了口气，指着杜伦说："起初，我对他们都算仁慈，结果呢，给脸不要脸，没完没了地派奸细来，不过这几年少多了，知道为什么吗？因为没人愿意干这活了，警察也是人，也会害怕，现在他们一听说要来卧底，宁可辞职甚至坐牢也不会跑来蹚这趟浑水，为什么？就是因为这个！"胡经说着在手心啐了口唾沫，抄起铁锹对着杜伦的妻子的头又狠狠地拍起来。

宁志一咬牙，"让我来。"上前扳住了杜伦的脖子。胡经伸手说："等等……"宁志一使劲，只听"嘎巴"一声，杜伦在他怀中断了气。胡经一拍手说："哎呀，你这是干什么？只是带了人证，还没展示物证呢，这不合乎程序。"胡经一边说，一边蹲在已经死去的杜伦一家的尸体中间，翻腾着一个箱子，"看，这是他的警官证，这个证据够硬吧？看看，还有嘉奖令，妈的还有工资单，每个月这么点钱也好意思结婚？还养儿子，拿什么养？看看，这是警服。"胡经一边说一边翻腾，一边把杜伦的遗物丢得满地都是。宁志看着脚下杜伦的警官证，一阵风吹来，将一张照片吹到警官证上面，是杜伦一家三口的全家福。照片上三人笑得很幸福，那张照片随着风继续在地上滑动，滑到一摊血迹上，一翻又一翻，照片上，杜伦一家三口的笑脸已被血覆盖。

“起风了？”胡经仰起溅满鲜血的脸兴奋地叫嚷着，“妈的，热死老子了，舍得起风了？”他擦了擦脸上的汗，整张脸顿时被血渍涂抹得乱七八糟，看上去格外狰狞，让人在这酷暑下不寒而栗。

宁志静静地坐回到椅子上，呆呆地看着胡经的手下忙碌着，不到二十分钟，杜伦一家三口和地上的血迹已不复存在，就好像这里什么也不曾发生过似的。胡经看到宁志的样子似乎并不奇怪，对着刘亚男耸了耸肩膀，伸出沾满血的手在宁志目光呆滞的双眼前晃了晃，见宁志依然没有反应，说：“你先坐会儿，我去洗个澡，不然招苍蝇。”

刘亚男目送胡经大摇大摆地回了竹楼，轻声地说：“后悔来了？”满脸鄙夷地对宁志笑了笑，起身正要离去。宁志说：“亚男姐，我问句不该问的话。”刘亚男回过头看着宁志说：“知道不该问，那就别问了。”宁志愣了一下，正要说话，刘亚男一摆手：“我要回去洗澡了。”

宁志无力地垂下了头，目光落在地上一片还沾着血的草叶上。

“宁哥，要不要给你添点啤酒？”

宁志听到有人说话，茫然地抬起头，见两个总跟在胡经左右的小弟正拿着啤酒罐看着自己，于是点点头：“谢谢。”

“宁哥刚来这里可能不习惯，胡哥有他的苦衷，这些年来吃了警察的奸细不少亏，但他对自己兄弟还是很好的。对了，我叫阿荣。”阿荣帮宁志倒满一杯啤酒，又指指一直站在他身后的人说，“这是我哥哥，阿光，我们是亲兄弟。”

宁志这才注意到这两人面貌很相似，礼貌地点点头：“你们好。”

阿荣说：“我们两兄弟跟了胡哥很多年……”说到这儿，他犹豫了一下，低声说，“宁哥，你慢慢喝，胡哥看到我们打扰你会不高兴的。”给哥哥阿光使了个眼色，匆匆离开了。宁志一转头，见胡经换了一身衣服，正在用毛巾擦头发梢滴下的水，带着保镖走过来，大大咧咧地往椅子上一瘫，扯着嗓子对保镖说：“他姓包的是不是给脸不要脸？他到底有没有验我们的‘宁志牌’白粉？”

“宁……宁志牌？”宁志诧异地看着胡经。

胡经换了副笑脸对宁志说：“尊重知识产权，你的冠名权是我的主意，怎么样？这货每发一批都有你的分成，我绝对不会亏待你的。”

保镖凑过来说：“不仅当面验了货，我还按照您的吩咐专门留了一点给他。”

胡经的面色沉了下来，眯着眼睛不知在想什么，想了一会儿猛地苦笑着问宁志：“你有没有朋友？”宁志有点诧异地看了胡经一眼，笑了笑低下了头。胡经叹了口气说：“我以前有好多朋友，后来生意越做越大，朋友也越来越少，现在眼看就要做这里的老大了，也彻底没朋友了。”

宁志端起啤酒喝了一口，咂咂嘴说：“有位伟人说过一句话，‘弱国无外交’，我现在加一句‘强人没朋友’。”

胡经默默念道：“弱国无外交，强人没朋友。嗯，是这意思。”他像是突然想到了什么，腾地一下坐起来，拍着宁志的肩膀说，“你先休息，我去安排点事，一会儿找你聊天。”胡经丢下一脸茫然的宁志，三步并作两步跑回竹楼，在刘亚男的房间门口停了下来，站在门口犹豫了一会儿，敲开了刘亚男的房门。不等刘亚男问什么，胡经就瞪着眼睛说：“亚男姐，姓包的不给面子，你信我一次，我们绕开姓包的，我给你供货，出了岔子我把我的脑袋提给你的老板赔罪。”

刘亚男端着一杯茶，对心急火燎的胡经爱搭不理，慢慢吹了吹杯里的茶叶末，才不紧不慢地说：“我老板要的是稳妥，没精力赌你的脑袋。”

胡经抓着头说：“我就不明白，为什么一定要我和包总合作？”

刘亚男啜了口茶：“因为现在在这里，他比你强。”

胡经咬牙切齿地说：“总得给我个机会吧。”

刘亚男走到桌前放下茶杯，背对着胡经说："给了，可你办砸了。"

胡经一着急一步跨进了屋内，左右一看，又退了出去站在门外："我一定会要了周亚迪的命。"

"是吗？"刘亚男转过身看着胡经说，"我听说你现在连他什么样都不知道，别杀错了人，他要是出来和丹雷将军碰了头，呵呵……"

"一个月。"胡经伸出一根手指，"给我一个月时间，我一定要了他的命。"

刘亚男笑了笑："那最好了。"

胡经见刘亚男不冷不热的，一时不知接什么话。只好帮刘亚男关好房门，气冲冲地下了楼，一屁股坐在屋檐下的藤椅上，发了半天呆，一抬头，见阿荣和阿光两兄弟正在不远处的树荫下抽烟，拍拍手对那两兄弟说："去把宁志叫来。"说完气呼呼地躺倒在藤椅上。

阿荣和阿光两兄弟相互使了个眼色，阿荣直奔后院去找宁志，阿光则四下看看，顺着墙根朝侧门走去。守在侧门的两个守卫老远看到阿光，急忙点头哈腰道："光哥，有差事啊？"

阿光没好气地瞥了那两个守卫一眼："怎么，需要向你们两个汇报吗？是这样，胡哥他让我……"他话没说完，那两个守卫忙捂着耳朵："不听不听，光哥，我们错了。"

阿光出了门，一头扎进了树林里，没了影子。阿荣找到宁志的时候，宁志正仰着脖子将杯里的啤酒往嘴里倒。阿荣走过去站在一旁，等宁志喝完酒，赔着笑说："宁哥，老板找你。"

宁志放下杯子点点头："他在哪儿？"

阿荣指了指身后："在那边，我带你过去。"

宁志跟着阿荣走了几步，发现并不是要去竹楼正门，随口问道："胡哥不在他房间吗？"

阿荣说："在外面。"

宁志想起胡经刚才说要找他聊天，而胡经这个人不仅多疑，花样也多，这一次不知又在搞什么鬼，也没多想，一直跟着阿荣径直出了侧门钻进树林，又穿过一片灌木丛，发现灌木丛边停着一辆车。从车身上堆积了的落叶和缠绵的蛛丝来看，这辆车在这里停了至少三四天了。阿荣拉开车门请宁志上车，宁志朝车里一看，发现后座上坐着阿光，驾驶室里的司机是一个很面生的男人，至少在胡经的身边没有见过。宁志见这三人的神色有些诡异，猜出这里面必定有阴谋，但还是假装问道："胡哥呢？"

阿荣说："我们这就带你去。"

宁志跳上车坐好，司机也没有多余的话，开着车扎进了丛林深处。车刚穿出丛林上了一条狭窄的小路，阿荣拿出一个头套笑着说："宁哥，不好意思，你得戴个头套。"

宁志瞥了眼阿荣手里那个肮脏的布袋，皱了皱眉头："我要是不戴呢？"一直没有言语的阿光摸出一把手枪抵到宁志的腰眼上，冷冷地说："不好意思。"

宁志看看阿荣和阿光两兄弟，笑着摇摇头，身子往前一探凑到司机耳后说："你不是胡哥的人。"

那司机从后视镜里看着宁志说："我们包总很欣赏你。"宁志靠回椅背，看看左右的阿荣和阿光，轻轻地摇摇头说："你们两个胆子真大，不要命了。"

"我们也是为了多赚点钱，包总出手很阔绰，而且在金三角，他是这个——"阿荣把大拇指一竖，"他能看得起我们，也算是我们的福气。"

阿光抬起枪口抵住了宁志的下颌，阿荣就势将那个破旧的布袋套在了宁志头上，又用绳索将宁志的双手反捆在身后。宁志靠在椅背上，跷着二郎腿晃着脚说："你们包总就是这么欣赏我的？"

司机从后视镜看了眼被套上头套的宁志说："真不好意思，到了地方，我给你倒茶认罪。"说完一踩油门，将车驶出小路，爬上了路边一个土坡，紧接着车头一沉冲下那小土坡，再次消失在丛林中。剧烈的颠簸把车里几个人晃得东倒西歪，宁志趁着乱劲儿，不停地活动着手腕。绑人的关键在于绑手，而绑手并不是简单的事，阿荣显然不是这方面的专家。如果是普通人，挣扎个把小时也能挣脱，可他绑的偏偏是经过专业训练的宁志。从他往宁志手腕上绕第一圈绳索开始，宁志便故意在两手间留下了空隙，等他绑完后，宁志两只手腕一靠，看似连针尖都插不进去的死扣登时便松了许多，双手再上下左右那么一错，没几下整个索扣便彻底松了。

宁志确定可以随时把手抽出来后，说："一会儿到了地方，我只会跟包总谈一个条件，就是要了你们的命。"

"宁哥，委屈你了。"司机专心致志地开着车，对宁志的威胁无动于衷。阿荣却有点含糊，半开玩笑半认真地问司机："你说，包总会答应他吗？挣了钱没命花的话……"

"害怕你们可以回去。"司机冷冷说道。

阿荣连连摇头："不不，回去不是死得更惨？"

4

这边竹楼里胡经发现宁志不见了的时候，脚下一软差点瘫倒在地上。他疯了似的一脚踹开房门冲了进去，瞪着眼睛站在房间中央看着空无一人的房间，自言自语道："一个大活人，就这么不见了？"

保镖走进来："胡哥，侧门的兄弟说是阿荣和阿光两兄弟带着他走的。"

胡经猛地回过头，见那两个守卫像两只小鸡似的被保镖拎在手里，两条腿早已吓得站不直了，张着嘴巴满脸惊恐地看着胡经，连一个完整的字也说不出来。胡经急于找宁志，顾不得找那两个守卫的麻烦，连哄带骗老半天，才让那两个守卫的情绪稳定下来，哆哆嗦嗦地把阿荣、阿光两兄弟带走宁志的经过说了一遍。胡经一脚将屋内一把椅子踹翻，恶狠狠地说："简直无法无天，我要他全家的命！宁志，我要剥了你的皮！"

闻讯而来的刘亚男见这屋这么大动静，赶忙问道："出什么事了？"胡经回头恶狠狠地看着刘亚男："宁志跑了。"

"跑了？跑哪里？"

"还用问，肯定是姓包的把他挖走了，一个个都是喂不熟的狗，我待他如兄弟，他居然背叛我。"

"确定吗？"

胡经看了眼刘亚男："是和阿荣、阿光两兄弟一起走的，以宁志的身手，那两个人能制得住他？一定是姓包的干的，怪不得他验了我的货还这么沉得住气，原来惦记着挖我的墙脚。妈的，老子豁出去生意不干了，追到天涯海角也要剥了宁志的皮。"说完带着手下气势汹汹冲了出去。刘亚男见胡经在气头上，知道这时候说什么也没用，只好跟了出去。

胡经站在院子中央，把埋伏在暗处的几个狙击手全部叫到面前，呵斥道："你们都是瞎子，就让他们从你们眼皮子底下溜走？"

其中一个狙击手很委屈："你说要我们保护宁哥，没说他离开院子就要开枪啊。再说，我老远看到你和阿荣、阿光两人说话，然后他们才去找宁哥的，我以为是你的意思……"

胡经打断了那狙击手的话："你以为，你怎么那么会以为？"气急败坏地扭头对保镖说："召集兄弟们，给我追，见到宁志，不论死活，只要带来就有十万奖金，美元！"

大家一听有钱赚，个个兴奋得跃跃欲试。胡经的保镖点了十个人，刚一发令，那十个人狼似的抱着枪便从侧门冲了出去。

宁志的双手早已挣脱了束缚，只不过头上的布袋挡住了他的视线，只好静静坐着等待机会。不一会儿只觉得车头猛地一沉，重重地砸到了地上，料想是遇到了一个大坑。趁着车内所有人随着惯性猛地朝前栽去的空当，宁志伸出两脚蹬住前排椅背，同时伸出双手一左一右摸到阿荣、阿光两人的后脑勺儿，猛地揪住二人的头发，就势猛地往前一推，二人的脑袋重重地撞到了前排椅背上。趁着二人发蒙的空当，宁志一把摘了头套，没有丝毫停顿，又揪住两人的头发，使足力气让二人脑袋“嘭”的一声撞在一起，二人当即翻着白眼瘫倒在宁志怀里。司机大吃一惊，但剧烈的颠簸和危险的路况使他顾不上身后，只能拼尽全力先将车稳住。

宁志把瘫在自己怀中的兄弟二人推开，一手抱住副驾椅背稳住身形，一手伸过去攥紧手刹猛地一拉到底。顿时整个车身横着打着转向一侧滑去，一直到车尾撞到一棵树才停了下来。

司机不等车停定，就手去摸腰间的手枪，他的动作早被宁志盯死，刚摸到枪还没来得及拔出来，便被宁志按住。司机见掏枪不成，反手一胳膊肘朝宁志面门打来。宁志从跟这司机交手的第一下就知道他不是普通的打手，真打起来谁胜谁负还不一定，所以下定决心绝不能让他拿到枪。见司机一胳膊肘袭来，车内空间本来就狭小，此时自己又得阻止司机拔枪，根本无法闪避，只好死死攥住司机握枪的手，硬是挨了一下，鼻血登时流了出来。那司机的注意力都在打宁志的那只胳膊上，拔枪的那只手自然放松了一些，宁志趁着这个空当使尽全力夺到了司机的枪，往回一拽，那枪却卡在座椅缝隙里动弹不得。

就在这时，那个司机不知又从哪儿抽出一把刀向宁志握枪的手刺来，宁志只好缩回手放弃夺枪。刀“噗”的一声刺进了扶手箱与座椅间的缝隙里，将座椅割开一个大口子。宁志正要去夺刀，发现一旁的阿荣醒了过来。宁志赶忙揪住阿荣的头发，拽着往车门上狠狠撞了一下，阿荣眼皮一翻，又昏了过去。司机则借着这个空隙解开了安全带，转过身拿着刀向宁志刺来。宁志无处可躲，随手抓起身旁还晕着的阿光的胳膊挡住了刀锋。刀尖刺进阿光胳膊，阿光疼得醒了过来，一睁眼看到自己胳膊上插着一把刀，还没来得及叫，司机又将刀抽了回去。阿光惨叫着推开车门想要逃，刚推开车门，只听“哐当”一声，他的枪掉在了车内地板上。阿光顾不得疼，抢在宁志之前摸到了枪，可他的头正好在敞开的车门缝里。宁志见夺枪已经来不及，伸手猛地将车门使劲一关，愣是把阿光的脑袋狠狠地夹了一下。阿光哼都没哼一声，昏了过去，一边的耳朵被车门上的豁口生生撕扯掉一半。宁志就手捡起阿光的枪，刚举起来，只见那司机已经推开车门钻了出去。

宁志见车正好停在两块巨石之间的坡上，车尾是一棵树，左右车门都开着，根本没有空间给车外的司机走。司机只好趴低从车门下钻到了车前。宁志见左右都出不去，只好将手刹松开。车身本来在一个坡上，车头正好朝下，手刹一松，失去了制动，车又开始从坡上往下溜。那司机的脚下石块、树藤遍地，根本没有落脚的地方，每一步都能让枯藤、树叶“吞”进去大半条腿，没走两步便摔倒在地，眼睁睁地看着车朝他溜过去，而且越来越快，他的脚却卡在树藤中动弹不得。眼看就要被轧死，司机只好绝望地闭上了眼睛等待着死亡的来临。就在车轮还差一米就要碾到那司机身体的瞬间，宁志够到了方向盘，猛地一打方向，车轮一偏，避开了司机的身体，轧到了他的腿上。司机眼睁睁看着自己的腿被车轮轧断，疼得惨叫起来。

宁志从车内钻了出来，看了眼惨叫的司机，皱皱眉头，上前对着司机的后脑勺儿就是一脚，司机的叫声戛然而止，昏了过去。宁志撩起衣襟擦擦汗，站在原地四下看了一圈，喘息着看了看来时的路。稍作休息后，将阿荣、阿光和司机三个人分别绑在车顶、车头和车尾的备胎上，启动了车子，朝来时的路驶去。

胡经那边派出了十个人还没有一小时，便又坐不住了，让保镖又召集了一批人撒出去找。保镖小声提醒胡经，剩下的人来的时间短，按规矩连配枪的资格都没有。胡经思量了半天还是有些犹豫，毕竟把枪给自己不信任的人，相当于在自己身边装不定时的炸弹，他杀人如麻，就算再小心谨慎，也难免会有仇家混进来。想到这里，拿出一支枪问离他最近的一个没有枪的人：“你是谁？我好像没见过你？”那人一听，赶忙向保镖投去求助的目光。保镖对胡经点点头：“是咱们的人，来的时间短，干的都是外面的活儿，胡哥可能见得少。”

胡经撇撇嘴，晃了晃手里的枪，问那人：“会用吗？”

那人连连点头，小心翼翼地伸出手。他知道这个机会难得，现在老板急着用人，一旦自己有资格拿枪，那么就会距离老板更近一步，只要接近了老板，那发财的机会就会多很多。再怎么说，也比现在冲在最危险的地方当炮灰强。哪知胡经脸色一沉，收回枪说：“会用就不给你了，别用错地方。”

折腾了半天，胡经还是没给这些人发出一支枪。胡经突然叹了口气，一屁股坐到椅子上，垂头丧气地对一旁的刘亚男说：“算了，你还是去找包总吧，连我都不信自己了……你看看这里这么多人，却一个信任的都没有，连火力大点的枪都不敢给他们……”

刘亚男伸手拍了拍胡经的肩膀，以示安慰。胡经又长叹了口气，向后靠在椅背上，双手无力地垂了下来，连握在手里的枪滑落到地上也懒得去管，看着面前自己的这些手下，苦笑起来。刘亚男对胡经的保镖挥挥手，说：“让他们散了吧。”等人都散开，刘亚男递给胡经一支烟，并帮他点着。胡经叼着烟抽着，呆呆地望着前方，一言不发。

就在这时，埋伏在高处的狙击手猛然站起身，冲胡经高声喊道：“胡哥，有车来了，我看那开车的……像是宁哥。”

胡经眼睛一亮，腾地站起身，三步并作两步冲上狙击位，拿起望远镜皱着眉头朝狙击手指的方向看去。望远镜中，一辆车从丛林里蹒跚而出，车身上还绑着人，仔细一看，竟然是阿荣。胡经的嘴角慢慢翘了起来，把望远镜往身边的人怀里一丢，大声喊道：“开门，迎贵客！”保镖忙凑过来提醒道：“胡哥，小心有诈。”胡经愣了一下，随即一摆手：“别疑神疑鬼的。”

胡经吩咐人敞开大门，自己大摇大摆地正对着大门，站在院子中央。

宁志的车驶进院子刚停稳，胡经便张开双臂迎了上去。宁志打开车门跳下车见胡经张开的怀抱，摇摇头说：“胡哥，用不用总这样？这一天之内，都抱了好几次了。”

胡经不由分说上前一把抱住宁志，用力拍着宁志后背：“我见到你高兴啊，我以为……”

宁志看了眼胡经身后的枪架和桌上的弹夹，笑着说：“你以为我跑了，准备派人追杀我？”

胡经松开宁志回头看了看，呵呵一笑：“哪儿的话，你我是兄弟，这些人都是新手，枪都不会用，我正给他们培训呢。”

这时一人凑过来，掏出刀来指着宁志，问胡经：“老板，那十万还算数不？”胡经脸色一变，抬手对着那人的脸挥了过去，就在要打到那人脸的瞬间，胡经收回手，换了副笑脸，拍拍那人的脸说：“哈哈哈，算算算，当然算，我说话算话，只要宁志兄弟安全回来，我出十万给大家包红包，人人有份。”那人拿着刀回不过神来。胡经从他手里把刀抽出来拿在自己手上，围着宁志的车转了一圈，看着车上绑着的奄奄一息的几个人，大声狂笑着：“哈哈哈……把这几个带回去洗干净喂胖点，过两天包个大礼给姓包的送去，哈哈哈……”

刘亚男走到宁志面前，说：“你很抢手啊。”宁志微微一鞠躬说：“那还不是仰仗亚男姐。”刘亚男笑了笑，看了他一眼，双手插进裤兜，转身低头朝主楼走去。胡经追了上去：“亚男姐，聊两句？”把刘亚男拉到门廊里，低声说：“我一直没问，这个宁志跟你多久了？”

“没几天。”

胡经吃惊地看着刘亚男，不可思议地回头看了眼远处，宁志正忙着帮忙把车上的人解下来。

刘亚男摇摇头：“当初我要杀他，是你要留着他的。”

“可他把王工干掉了，只有他知道配方。”

“王工那样的，我手里有的是，是你着急。”刘亚男点了根烟抽了一口，“对了，我怎么觉得这次来，你的人手少了不少？”

胡经叹了口气：“周亚迪要回来了，得力的人都出去做事了。这里的情形你也看到了，我怕夜长梦多，到时候周亚迪真的回来了，你老板再改了主意，我就剩下死路一条了。”

“那我丑话说在前面，是你留下他的，到时候他万一捅了什么娄子，与我不相干。”

胡经再次回头看了眼宁志：“可是今天他的表现……确实很让

我意外。”

刘亚男吐了一口烟：“让你意外的人，会总给你意外。这些意外能帮你，也能害你。现在干掉他还来得及，我再找个人给你，耽误不了几天。”

胡经犹豫了一下，说：“知道配方还是小事，重要的是我看他身手很厉害，如果靠不住，跟留了只狼在身边有什么分别？”

“没分别。”

胡经看了眼刘亚男：“反正现在也没人，先让他干活，干多少算多少，我得保证你能准时收货。”

“你的地盘，你的买卖，随便你了。”刘亚男把抽剩的半截烟丢在地上踩灭，“没别的事我去休息了，折腾一天了。”临上楼前看了眼被五花大绑丢在院中央地上的阿荣、阿光兄弟俩和那个司机，又说：“今天不想再看见血了，有点恶心。”

胡经目送着刘亚男进了竹楼，远远看着地上不断求饶的三个人，脸上露出了笑容。他一边笑一边往院中央走，笑声越来越大，走到那三人跟前时，已经笑得直不起腰来。他的笑声让在场的所有人不寒而栗，尤其是地上被捆着的那三个人，吓得连一句求饶的话都说不全了。那个司机此时似乎也由于恐惧而忘记了断腿的疼痛，惊恐地看着胡经。

胡经看着那司机的断腿，慢慢蹲下身柔声细语地问：“腿断了？”司机不知胡经葫芦里卖的什么药，屏住呼吸看着胡经，不敢说是，也不敢说不是。“疼不疼？”胡经说完伸手要抓头发，这个动作却把那个司机吓得顾不得断腿，玩命地连滚带爬往远处挣扎，结果触动了断腿，疼得一口气没上来，翻着白眼昏了过去。胡经抓头发的手悬在半空，愣了一下，抓抓头看着已经挣扎出两三米远的司机，说：“这又是被绑着又是断了条腿都跑这么快，要是放开还了得？”胡经一扭头，看到了旁边的阿荣和阿光，叹了口气，一屁股坐在了地上，低下头不知在想些什么，许久，慢慢抬起头，问阿荣：“你们为什么这么对我？我哪里做得不好？姓包的答应你们什么了？”

阿荣眼圈一红：“胡哥，我们兄弟俩一时糊涂做了对不起你的事，看在跟你这么多年的分儿上，你给个痛快吧。”

“你还没回答我的问题呢，姓包的答应你们什么了？”

阿荣默默地垂下头：“胡哥，我们错了。”

胡经苦笑着点点头，从地上站起来，对身边的人吩咐道：“我有点累，搬把椅子过来，姓包的应该马上会派人过来了，我就坐在这里等他们吧。”

这让在场的所有人都有些诧异，以他们对胡经的了解，发生了这种事，难免又要见血，可胡经居然如此安静，甚至还有些悲切。保镖轻声问道：“胡哥，你没事吧？”胡经摇摇头：“对了，再拿点水果过来。”他抬起头眯起眼睛看着西沉的太阳，“我得败败火了。”

眼看着太阳下山，夜幕降临，包总那边还是没有人来。胡经的人渐渐失去了耐心，东倒西歪地围坐在四周的草地上。胡经安静得像是换了一个人，坐在椅子上不停地抽着烟。他手底下的人，包括跟了他十几年的保镖，从没见过老板这个样子，各个心里都忐忑不安。已经过了晚饭时间很久，没一个人敢说吃饭的事。倒是刘亚男和宁志不理这茬儿，该吃吃，该喝喝，馋得胡经那些手下一个劲儿咽口水。

胡经顺着手下人的眼神转头看去，见宁志怀里抱了一把香蕉，挨个儿剥了皮往嘴里塞，吃得正起劲，笑了笑问道：“宁志，你觉得我这个人怎么样？”

宁志不紧不慢地把嘴里的东西嚼了咽下去，端起杯水灌了两口：“不了解，反正不是好人。”

“哈哈哈……”胡经笑起来说，“你是个聪明人，来了这些天可能也看出来了一些事。我不妨给你交个底，现在的金三角，我胡经的实力看起来最大，如果单挑，他们谁也不是我的对手，也正因为这样，他们几个开始联合起来对付我，我怕一家对付他们几家，有点力不从心。好在亚男姐心疼我，愿意帮我一把，他们才不敢轻举妄动。如果今天你去了包总那边，他一定会重用你，给你钱和地盘，那时候你肯定要比在我这里过得好，赚得多，你为什么又回来了？”

宁志咂咂嘴，放下手里的香蕉，点了支烟说：“当初我走投无路，也是亚男姐心疼我，带我逃了出来，不然我可能已经被枪毙了。如果我为钱反水跑到别人那里去，良心上过不去，将来还怎么面对亚男姐？”

“就因为亚男姐？”胡经好像对这个答案有点意外。

“嗯。”宁志点点头，“不然呢？难道因为你长得帅吗？”

“哈哈哈。”胡经大笑着举起一杯啤酒，“那我们得敬亚男姐一杯。”

刘亚男白了胡经和宁志一眼：“你们少拿我说事。你确定包总今晚就会派人来？”

胡经冷冷哼了一声：“我穿开裆裤的时候就认识他了，我是他看着长大的，他是我看着变老的，怎么样？听起来是不是挺温情的？呵呵，可我也看着他这么多年经历了那么多风风雨雨还是没有倒，你说为什么？就是因为他了解这里的每个人，当然也包括我，他知道，今天他要不来解释这事，明天太阳一出来，他就是我的死敌，所以他一定会来。”

刘亚男若有所思地点了点头。宁志想了想，说：“我能问几个问题吗？”

胡经点点头："随便问。"

"那，他今天不来，你真的会把他当成死敌吗？"

"那当然了，我胡经混了这么多年凭的就是恩怨分明，有仇必须得报，不然以后我还怎么在这里立足？"

宁志又问："难道他来解释一下，你就原谅他了？"

胡经看着宁志笑了，拍拍宁志的肩膀笑着说："反正他也没干成，不如给个台阶让大家下就算了。在这里都是为了发财的，没到那个份儿上，谁愿意打打杀杀的，你真当我属公鸡的，那么好斗？"

大门外晃过一道亮光，一阵汽车的引擎声由远到近地传来。很快一辆车在大门口停了下来，不多时，门口一个守卫跑过来说："包总的人来了。"胡经得意地看了刘亚男和宁志一眼，对那守卫说："搜仔细点。"守卫应了一声，跑回到门口。胡经就手拿起一个苹果张大嘴啃了一口。不多时，一个四十多岁的男人背着手，大摇大摆地跟在守卫身后走了过来。他先是看了眼地上那个司机，又扫了眼胡经和坐在他两旁的刘亚男与宁志，对着胡经微微一颔首："胡老板。"胡经就像没听到似的，大口地啃着水果。来人有些尴尬，清了清嗓子："我们包总想请胡老板去喝喝茶、聊聊天。"

胡经扭头将嚼烂的苹果啐到地上，拿过餐巾擦擦手和嘴，斜了来人一眼，还是没答话。来人似乎有些不耐烦了，说：“包总的意思是，请胡老板方便的时候过去叙叙。”

“知道了。”胡经从果盘里挑出一个最大的苹果在手中翻弄了一下，张嘴啃了一大口嚼起来。

来人沉默了一会儿：“您看，我回去该怎么跟包总交差呢？”

胡经鼻子里哼了一声：“关我屁事。”

来人无奈地点点头：“那我先告辞了。”

“嗯。”胡经头也没抬地应了一声。

来人往回走了几步，又看了眼地上那个司机，停下脚步说：“胡老板，您看，我们的人还在您这里，包总的意思是希望我能把人带回去。”

胡经斜了那人一眼：“你们的人在我这里干吗？”

来人呵呵一笑：“之前可能有点误会……”胡经打断了来人话：“放你妈的屁。”来人咬了咬牙，捺着性子说：“胡老板，大家低头不见抬头见……”

“你贵姓？”胡经问道。

“敝姓陈。”

“我不认识你，什么时候跟你低头不见抬头见了？”

来人的耐心终于耗光了，眼睛一瞪喝道：“胡经，说话留点余地。”

“哟嗬。”胡经抓起一串葡萄，“余地？不留你能把我怎么样？”说着揪下一颗葡萄丢到来人脸上，不等来人发怒，又丢了第二颗、第三颗……一边丢一边说：“怎么样？说话，你能把我怎么样？”

来人退了几步抹了抹脸，满脸怒气地说：“胡经，别逼人太甚。”

胡经做出一副惊恐的样子：“你吓到我了。”扭头对保镖说：“他吓我。”保镖会意地点点头，活动着脖子和手腕朝来人走去。来人见保镖身材魁梧、满脸杀气，面露惧色：“你想干什么？两军交战不斩来使。”胡经终于忍不住了，几乎是从椅子上弹起来，冲上前左右开弓抽了来人几个大嘴巴：“两军？你可真会往自己脸上贴金，还两军？那姓包的和我都不过是毒贩子，你就是一条狗，还两军？还来使，我看你就是一坨狗屎！”胡经啐了那人一脸唾沫，骂完回头对保镖说：“给他个教训，做人最忌讳的就是不知道自己的分量，给我打。”话音未落，来人便被一脚踹倒在地。胡经指着围坐在自己四周的一众手下，瞪着眼睛骂道：“你们的看什么？知不知道为什么晚饭没的吃？就是因为这坨狗屎捣乱，都上去给我打。”众人一听，纷纷从地上爬起来冲过去拳脚相加，一边打一边骂着。有人被围在外面够不着，愣是使足了劲儿往里挤，好像少打一下就会吃多大的亏似的。一时间，喊叫声硬是盖住了那人的惨叫声。

胡经回到座位点了支烟，见宁志目瞪口呆的样子，笑了笑说："你不去凑个热闹？这可是包总派来给咱解恨的，打得越狠，说明咱们撒的气越多，也就越愿意原谅他。"胡经抽了口烟，看了看身后乱糟糟的场面，又对宁志说："这人我见过，也算是包总身边的人。这里的老板，身边都会养这么几个替死鬼，平日里好吃好喝，谈点事也总带着，外人一看以为是什么重要人物，遇到今天这种情况，就可以派出来做替死鬼了，不知道的人还以为对方多有诚意呢。这姓陈的根本不知道自己的斤两，还以为姓包的重用他，才让他代表老板来跟我谈判呢，哈哈哈……"

刘亚男站起身，拍了拍宁志的肩膀说："看来胡哥今天心情不错，我可很久没见过他教人了，跟着胡哥好好学吧。"

宁志点头说："那是自然。对了，胡哥，那你养了几个替死鬼？"

胡经看了宁志一眼，撇嘴一笑，默默地看向那群围着包总的替死鬼狂殴的手下，好一会儿，喊了一嗓子："行了，开饭吧。"那群人已然打红了眼，像逮住这个机会要把平日里承受的所有压力都发泄出来似的，居然没人理会老板的命令。胡经就手掏出枪对着天空连开了好几枪，那群狂躁的人这才停下来退到一边。姓陈的替死鬼衣衫褴褛，浑身上下没有一块好肉，脸肿得没了模样，奄奄一息地蜷在地上，喃喃地求着饶，每说出一个字，就带出一股嘴里的血沫。胡经上前观望了一下，不可思议地自言自语："这也太扛揍了，还喘气呢？"这时就听外面一阵急促的汽车喇叭声传了过来，所有人都朝大门看去，只见三辆车疾驶到门口停了下来。

车门打开，下来五六个荷枪实弹的士兵，训练有素地四散开来检查起周围环境，随后列队排开。宁志盯着他们的制服看了半天，也没看明白这是哪个国家的军人。只见中间一辆车的车门打开，一个穿着不知哪个国家将帅军装的男人从车上下来。胡经念叨了一句："丹雷？"还是笑着迎了上去，"将军驾到，蓬荜增辉，欢迎欢迎。"

丹雷叼了支雪茄，推开身边警卫递上来的火，给胡经丢了支雪茄说："路过这里来看看胡老板，借个火。"胡经忙恭敬地摸出打火机，凑上去帮丹雷点着了雪茄，又把自己那支也点着，美美地抽了一口，将烟含在嘴里品了好一会儿，才说："嗯，好久没抽到将军的定制雪茄了。"

丹雷抬头看见刘亚男，笑呵呵地说："刘小姐，好久不见。"

刘亚男笑着迎了上去："快一年了。"

丹雷说："上回列夫先生托你带给我的鱼子酱，可是把我的嘴吃刁了。"

刘亚男说：“将军喜欢，还不是一句话的事。”

“哈哈哈……”丹雷笑着在众人簇拥下走到院子中央，路过躺在地上呻吟的那几个人时，看都没看他们一眼，一直走到宁志面前，上下打量了一下问：“这位就是宁志吧。”

宁志起身说：“将军好。”

“你才来几天，名字就响彻金三角了。”

宁志笑了笑：“这……不是拿我开玩笑吗？”

丹雷点头道：“嗯，年轻有为，我就喜欢和年轻人打交道。”

胡经凑过来说：“将军，备了晚饭……”丹雷摆手打断胡经，眼神却没有从宁志的脸上挪开，说：“不用客气了，我还有事，刚从老包那边过来，路过来看看你就走。”

胡经听到“老包”两个字，脸色微微一变，笑着说：“多谢将军还挂念着我。”

丹雷扭头看着胡经问道：“听说你们两个有点误会，不妨说给我听听，看看我能不能当个好人？”

胡经想了想，笑着说：“既然你和包总谈好了，不如直接告诉我，我照做就是了，大家就不要装模作样地假客气了。”

丹雷哈哈一笑：“好啊，老周的儿子要回来，我听说你不太高兴。”

胡经说：“我只是不明白，当初说要干掉周家，是你点了头我胡经才冲在最前面的，我和周家结下的可是死仇。现在他儿子要回来，你却全力支持，他回来的第一件事肯定是来要我的命，你支持他不如直接干掉我好了。我就一个问题，当初我听了你的，是对还是错。如果是对的，为什么现在你们一个个都是好人，就我成了恶人？如果是错，那我以后还要不要听你的？”

“呵呵呵，”丹雷笑着说，“那你可以不听啊。”

“看样子，下一个是要干掉我了？”胡经面不改色，又抽了一口雪茄。

丹雷哈哈笑着说：“等亚迪回来了，我做东，大家聚一聚，我觉得你们三个要精诚团结，别让外人看笑话。好了，我先走了。”

“我送将军。”胡经抢上前走在丹雷前面，路过还躺在地上断了腿的司机时故意一脚踩到那人的断腿处。本来奄奄一息的司机，挨了这一下像是触了电，用尽最后一丝力气惨叫着坐直了身子。

“不好意思，没看到。”胡经单腿站在那人断腿处又踩了几下才迈了过去。跟在胡经身后的丹雷也假装脚下踩空，一个趔趄，一脚也踩到了那人的断腿处。那人此时已没有多余的力气挣扎，闷哼了一声，昏死了过去。上车前，丹雷回头看了眼胡经：“对了，你叔叔还好吧？最近政府搞换届，乱哄哄的，太累就退下来享受享受吧。”

“将军说的是，我们都在劝他老人家早点退休安度晚年，可越是这个时候越离不开，就像将军一样，这里如果离了将军，还不乱了套？”

“你有个好叔叔啊，可他那么忙，你这个侄子总有他照顾不到的地方，你要让他省心才是。”丹雷似笑非笑地盯着胡经说。对于这样无声的威胁，胡经没有丝毫退让，不闪不躲地迎着丹雷的目光说：“没办法，谁让他有我这么个不争气的侄子呢？所以只能加倍孝敬他老人家了。”

丹雷微微点点头，钻进了汽车，又隔着车窗玻璃看着胡经，手里的半截雪茄被捻得粉碎，一股刺鼻的烟油味瞬间弥漫了整个车厢。他的副官坐在副驾驶座上不动声色地说：“将军，既然他都挑明了，索性平了他，这个胡经早晚是个大麻烦。”

丹雷一边冲车窗外的胡经微笑着挥手告别，一边说：“平了他，谁来平老包？谁来平周亚迪？”

副官说：“再扶两个人起来，想出头的人多的是。”丹雷见车驶离了胡经的大门，靠在椅背上说：“这么熟悉的人你都搞不定，再扶两个起来不是更难搞？放心啦，我们有枪有人，他们奈何不得我们。最近我们休息休息，让他们去斗好了，差不多的时候我们出来给他们分个胜负，皆大欢喜。”

胡经目送着丹雷的车队驶出了视线，对着地上啐了一口：“有两条破枪，不知道在嚣张什么。”

刘亚男看着丹雷车队的尾灯消失在夜色中，说："枪杆子里出政权。"

胡经鼻子里哼了一声："不出半年，别说枪杆子，坦克老子也搞得到。"

宁志凑过来好奇地问："胡哥，你要打仗吗？"胡经呵呵一笑，伸手搭着宁志的肩膀："有句话怎么说来着，有了先进的武器装备，也就有了和平。我这个人最爱和平，不过这都得靠你的'宁志牌'了。"

刘亚男转过身一边往院里走一边说："他是来替包总说话的。"

胡经哈哈笑着走进院门："我早看出来了，跟这群王八蛋没什么合作可谈，谁狠谁就能赢，谁赢才有机会活。"走进院子，见那个断了腿的司机没有一点动静，忙吩咐手下人："看好了，别让跑了。"他身后的一个喽啰嘟囔着："腿都废了，又折腾了那么久，能活着就是奇迹了，还怎么跑？"胡经回头看着那人说："包总的人个个三头六臂，没了腿不会跑，万一飞了怎么办？"抬手拍了那人后脑勺儿一巴掌，"哪那么多废话。"说完把刘亚男和宁志拽到一边："明天一早，我们去给包总请安。"

宁志想了想，皱皱眉头："胡哥，太急了吧，如果是去包总那儿，说什么也不能大意，要不要先派人一路埋伏好，万一有什么变故，也好应对。”

胡经哈哈一笑：“谅他姓包的也没那胆子动我。”宁志说：“胡哥，小心驶得万年船，现在丹雷可是和他一伙的。”胡经哼了一声，瞪着眼睛说：“丹雷怎么了？他是神吗？一枪爆了他的头，他也是烂肉一堆。”他回头看了眼刘亚男：“再说亚男姐在这儿给我撑腰，谁敢动我？宁志，你安心干你的活儿，让亚男姐踏踏实实地按时收到货。我不需要有多少钱，但只要多过姓包的和姓周的，我就是神。”宁志抓抓头：“那……我有必要去吗？”胡经一拍宁志肩膀：“你必须去，礼物得你送。”胡经瞥了眼院子中央不知是死是活的司机，忍不住笑了出来。

这一天，对于胡经和宁志都是收获的一天。对宁志的失而复得，让胡经信心倍增。“信任”这个词，是胡经心中一个永远的痛，曾经那些形形色色的背叛让他花了很长一段时间将这个字眼从自己的心里抠掉。他为此几乎忘记了安宁的滋味，稍有风吹草动都会胆战心惊，只好选择没完没了地杀人灭口。当一个个鲜活的生命结束在他手中以后，心中那残存的安全感不仅没有多一点，反倒越来越稀薄，这让他从来不愿面对的胆怯开始在心中肆虐。到最后，与其说杀人是为了消除威胁，不如是为了给自己壮胆。于是便形成了人越杀越多、胆子却越来越小的恶性循环。直到宁志与包总的人离开，他最后的一点希望也彻底破灭了。他本想召集所有人马跟包总做最后一搏，谁知宁志居然回来了，这种绝处逢生的感觉，居然让他体会到了久违的感动。这种感动一瞬间给了他难以想象的胆量和斗志，他强忍着不把这一切表现在脸上，尽可能地说服自己，宁志之所回来只是因为害怕。但这个假设根本经不起任何推敲，因为他见过太多会害怕的人了，宁志不在其中。他幻想着宁志死心塌地地跟着他在金三角杀出一条血路，但这个想法刚开了一个头，就不敢再想下去了，毕竟期望得越美好，破灭后所要承受的煎熬就越深远。他不知道包总或者丹雷是如何面对背叛的，他也不能去问，因为不仅得不到答案，还会把自己的死穴亮出来。这无疑是一种自我毁灭，所以他只能依靠自己的直觉，外加一点狠毒。从他接手了家族生意的那一刻起，他就已经不再是自己，而是一只狼。他把自己定义成一只狼，冷血，残酷，狡诈，为了生存不择手段。但他逃离不了自己是个血肉之躯的事实，血肉之躯就会有痛苦，有懦弱，有七情六欲。他曾一万次地想，如果能再有一次选择的机会，当年的他还会不会答应接手家族的生意，一万次的答案都是：会的。

等刘亚男回房休息后，胡经问宁志：“你有没有兄弟？”那一瞬间，宁志想起了与自己出生入死的郑勇和秦川，想起了死在胡经刀下的齐林，点头说：“有。”胡经说：“我是说亲兄弟。”宁志摇摇头。

胡经变得难得地安详，看着天空中的一弯残月说：“我有一个亲弟弟，从小关系就很好，不像其他家的兄弟总是打架。那时候父亲常年在金三角，我和弟弟没什么人管，很淘气，但我总护着他。他把父亲鱼缸里的鱼都捞出来玩死，是我帮他扛的；他把父亲的车开进了游泳池，也是我帮他扛的；直到他在车库里玩火，差点把整座房子烧了，我又要帮他扛，他不干了，说这次事太大了，他要自己扛，于是我们两个就跑去父母那儿争着说火是自己放的，结果父母还是相信是我干的。那一次我们家损失很惨重，大火招来了警察，他们终于找到借口把我们家翻了个底朝天，找出来很多我们家贩毒的证据，要不是我叔叔背后帮忙，恐怕……”胡经彻底陷入了回忆之中，想了很久，沉默了很久，才接着说，“后来我们都长大了，我父亲要退休的时候，要我做他的接班人。我很奇怪，他为什么把这么重要的事交给一个从小不听话爱捣乱的儿子，基本上所有人都认定他会把生意交给我的弟弟。他说，他一直都知道是我在帮弟弟扛事。我当时就哭了，那时候我才知道我其实还是委屈，但就是愿意帮他扛事，就因为他是我弟弟，这就是兄弟。现在我在这边赚钱，我弟弟在家里打理我赚到的钱，把这些钱洗干净，开公司，办工厂，还做慈善，我回家只要洗个澡换身衣服就是另外一个人。我弟弟坚持把他的股份都转给我，不论我说什么都不听，就因为我是他哥哥，从小替他扛事，这就是兄弟。”

宁志低下头，过了一会儿说：“说句不该说的，既然你弟弟已经把正经生意做得那么好了，为什么你还要在这里玩儿命？”

“你可能不知道，我们的叔叔是泰国军方的人，他要维系他的权力，需要源源不断的钱，靠正经生意哪够？所以一直以来他们家在军队里混，我们家在金三角混，彼此依存，谁也离不开谁。我撒手不干就等于断了他的财路，他会把我们家榨干的。”

“你的叔叔，应该是你父亲的兄弟吧？”

胡经苦笑道：“对，这也是兄弟。”站起身拍拍宁志的肩膀，“早点休息吧。”

宁志回到房间，躺到床上回想起今天发生的一切，和胡经没头没尾地对自己说的那番话，心想，这任务已经成了八成。他甚至想象到任务成功后去召秦川归队时秦川的表情了。

5

第二天一早，胡经挑了十几个得力的手下，带着刘亚男和宁志分别乘四辆车沿着最大的路直奔包总的老窝。车在崎岖得几乎算不得路的山路上跋涉了三四个小时，拐出一个山谷，胡经指着前面开阔地上一个破旧的院子说：“到了。”

宁志见金三角根深蒂固的大毒枭包总居然住在这种地方，有些诧异。车又驶近了一些，只见那院门口中央站着一个看上去四五十岁的男人。胡经拍拍宁志的肩膀说：“那就是对你朝思暮想的包总。”

车在包总面前刚停稳，包总便上前亲自帮胡经把车门打开，笑吟吟地说：“欢迎欢迎，欢迎胡老板大驾光临，刘小姐，好久不见，欢迎欢迎。”最后才把目光落在宁志身上，仔细打量了一下，问道：“这位小兄弟是……”

胡经也满脸堆笑：“你那么想要的人，到了你面前，竟然不认识？”

包总尴尬地赔了个笑脸：“胡老板，误会，误会，来来来，里面请。”

三人跟着包总走进院子，在一间门口站着几个枪手的屋前停了下来。包总皱起眉头指着枪手手里的枪说：“干什么你们？斯文点。”那几人对胡经等人微微鞠了一躬：“不好意思。”将手里的枪丢到门口的一个筐子里，然后一言不发地看着胡经等人。

胡经拍拍腰：“我是斯文人，从来不带那种东西……不对，今天出门带了。”手伸进口袋摸了半天，摸出把指甲刀，跷着兰花指捏着指甲刀在包总面前晃晃，丢进了筐子。

包总早已习惯胡经作怪，不动声色地看向刘亚男：“刘小姐，快请进。”刘亚男进屋之后，包总的目光落在宁志身上，微笑着说：“这位就是宁志老弟吧。”宁志礼貌地点头致意：“包总，你好。”包总殷勤上前，搭着宁志的肩膀：“久仰久仰，请进请进。”等宁志进了屋，包总收起脸上的笑容扭头对胡经说：“胡老板，请吧。”

胡经拍拍包总的胸口：“你我就不用客气了。”大步迈进屋内。

这间屋子很大，却没有相应的大窗户，光线很暗，屋子中央摆着一茶海。包总请所有人就座后，坐到茶海前娴熟地烧水、洗茶、泡茶，摆弄了一会儿给每人面前倒了一杯茶，然后双手举起茶杯说：“请。”他抿了口茶，放下杯子，摸出一支和丹雷抽的一模一样的雪茄，故意看了眼胡经，点着抽起来。

胡经像是想起什么，从口袋里摸出半支昨晚没有抽完的雪茄，也点着抽起来。包总一看，忙说：“不好意思，失礼了。”从一旁小桌上拿过一个雪茄盒，打开后见里面整整齐齐地摆着一排雪茄，“各位请便，这是丹雷将军定制的，很醇正。”

胡经突然咳嗽起来：“妈的……咳咳……这什么破……咳咳咳……破东西……呛死老子……了……咳咳咳……”咳了好一会儿才捯过气似的，把刚点着的半支雪茄丢在茶海上，拿起自己面前的茶杯，将茶水一股脑儿泼到雪茄上，“刺”的一声，雪茄冒出的青烟打了个转消失了，然后胡经一拍脑门儿：“哎呀，不好意思，糟蹋了包总的好茶。”

包总轻蔑地笑了笑，举起茶杯说：“我不浪费胡老板的时间了，五百万，一年。”

胡经看了眼宁志，想了想，说：“当着我兄弟的面，谈我兄弟的卖身价，这不斯文。”

包总接着说：“六百万。”

胡经摸了摸鼻子，收起脸上的表情，冷冷地说：“一千万，美元。”

包总略一思量，举高茶杯：“好！”

胡经摆摆手：“别着急，你听我说完。你看，我这兄弟还不到三十岁，你看看他这面相就是长命百岁的相，一定能活到一百岁。我就给你算七十年，一年一千万，十年一个亿，七十年就是七个亿，美元。”胡经举起茶杯朝包总的茶杯碰去，“来来来，合作愉快！”

包总脸色一变，躲开了胡经的茶杯：“你数学学得真好。”

“还行，一般的加减乘除没太大问题，我要是不干这个，努努力能混个会计师干，我小时候上学的时候……”

不等胡经说完，包总脸色一变喝道：“胡经！”

“有什么吩咐？”

“你要是做生意，咱们就谈谈生意。你要是捣乱，那咱们就看看谁搞的乱子大。”

胡经笑了笑：“老包，都什么年代了，你还在跟我谈买断。知识就是力量，就是财富，你没听过吗？”

包总咬了咬牙，不耐烦地靠回椅背。胡经接着说：“你看你，我们现在聊的是知识产权，我连商标都注册了，你过来就说要谈收购，是不是太霸道了，哪有这么谈买卖的。”

包总压住心里的火气，说：“你想怎么样，直说。”

“你这态度就对了，有谈事的样子。”胡经给自己倒了杯茶，不紧不慢地喝完，“周家的人要回来了。”

包总斜眼看着胡经：“接着说。”

“当年你我联手把姓周的赶走，合作得不错。现在他儿子周亚迪要回来了，而且我估计他来了，你的雪茄可就要断顿了。”胡经拿起雪茄盒打开闻了闻，皱起眉头放了回去。

“你接着说。”包总抽了口雪茄。

“‘宁志牌’，你我一起干，你我两家的渠道来个整合……”

包总打断了胡经的话：“呵呵，你让我信你？”

胡经摇摇头说：“你可以不信，那咱们就等着周家的人回来吧。”

包总哼了一声：“回来就回来，他周亚迪就是个留洋的学生，能搞出多大名堂来。”

“凭他的那几块地，那几条要死不活的路，的确搞不出多大动静，但如果有了这个——”胡经说着做了个开枪的姿势，“那可多大的动静都搞得出来。”

包总的眼珠转了转，问道：“你打听到什么？”

胡经笑了，说：“你看不起周亚迪是个留洋的学生，可到现在周亚迪到底长什么样，你我都不知道。人家在一年前就已经开始准备杀回来了，一直在倾尽财力收购军火、招兵买马，再加上丹雷的支持，我不信你一点消息都没有。你我是赚钱，人家回来不仅是赚钱，是打算东山再起报仇雪恨的。包总，我们和他，可是杀父之仇。”

包总皱起眉头连抽了几口雪茄，沉默了一会儿，问道：“你有什么打算？”

胡经嘴角一翘，看了看屋内包总的几个保镖，靠到椅背上不再言语。包总对手下挥了挥手：“你们先出去。”

等屋里只剩下包总和胡经、宁志、刘亚男四人后，胡经清了清嗓子说：“如果周亚迪回来了，你继续当你的老好人，我去挑事，你来平事，只要骗他离了巢，剩下的事不用你管。反正不管我说什么，他都只会一门心思想弄死我，我跟他就是你死我活的关系，你可不一样。”

包总盯着自己手里的雪茄燃起的青烟沉默了良久，一抬眼皮看着胡经："大家和为贵，和气生财，不能总纠缠在过去的一些恩恩怨怨里吧，只要大家给我这个面子愿意坐到一起聊聊，那我就做回和事佬。"

胡经笑着说："你放心，我是不会在你的地盘胡来的，等清净了，我们不光要一起做'宁志牌'，以后还要做'胡经牌''老包牌'。今天亚男姐既然也在，不如给我们做个见证吧。"说着扭头看着刘亚男："亚男姐，到时候不会货太多你收不过来吧？"

刘亚男冷笑了一下："看来没问题了，既然大家谈妥了，那我也该回去向老板汇报了，得早点准备钱才是，不然还真的收不过来了。"

几个人笑着举起茶杯碰了一下。胡经喝完茶看着刘亚男说："你这就要走？再玩几天吧？"

刘亚男环视了下四周："这儿有什么好玩的？"

六
该给家里报个平安了

1

从包总那里回到胡经的地盘的时候，已经是黄昏时分。刘亚男说已经在这里耽误了太久，有很多事要去办，不顾胡经的挽留坚持当晚就要离开。她让胡经安排人和车送她去一个最近的有码头的城镇。胡经只好照做，至于她将要去哪里，也不敢多问。

宁志站在院子里，见刘亚男只拿着一个小包走出房间，微笑着朝自己走来，竟然觉得有些不舍。之前，刘亚男在他眼里只不过是资料上那个女毒贩，但当他认识了胡经，来到金三角之后，他隐隐觉得刘亚男与胡经和包总都不一样，他说不出那是怎样一种印象，也不知道刘亚男到底是说了什么或是做了什么，让自己居然渐渐放弃了对她的防备。又或者，她什么都没说，也什么都没做吧。

“亚男姐，”宁志迎了上去，接过了刘亚男手里的包，“什么时候还能再见呢？”

刘亚男仔细端详着宁志的脸，好半天，才望向天空说：“在这里再见还真的不容易，不过只要活着，总有机会见的。”宁志顺着刘亚男的目光望去，只见一只鹰正翱翔在他们头顶的天空中，此时展着双翅正朝着天边血色的夕阳飞去。

“记得当初为什么要来这儿吗？”刘亚男问道。

一瞬间，宁志想起了很多，喉咙竟然有些发干，点了点头：“记得。”

“记得就好。”刘亚男微笑着张开双臂抱住宁志，双手在他后背拍了拍，“既然在这边安定下来了，就该给家里报个平安了，保重。”说完转身向大门口走去。

宁志有点意外，转念一想又觉得一点都不意外，这种奇妙的感觉让他心中瞬间五味杂陈。看着刘亚男的背影越来越远，隐约觉得刘亚男似乎话中有话，但马上又提醒自己，不要过于敏感露出什么马脚。他的心中一时间千头万绪乱作一团，直到刘亚男的车驶离了这个院子，随着那条路一起消失在丛林中，才感觉到胸口一阵阵地发闷。

刘亚男走后的几天里，宁志都在回想着刘亚男临走前对他说的话，渐渐地，他像是打开了自己大脑中的一个什么开关，刘亚男的每一句话、每一个动作、每一个神情都开始在脑际萦绕起来。

“安定下来了，就该给家里报个平安了。”每当宁志琢磨起这句话时，心潮都如同海浪，一波接一波地涌动着。突然有那么一刻，这股内心的浪潮好像终于拍打开了某道大门，让他的思想通向一个更明亮的地方。他从未跟刘亚男谈及家里的事，但刘亚男的话让他强烈地想联系那个“家里”的——徐卫东。他必须向他汇报这里的进展了，不然他亲手制出的毒品一旦被胡经运出金三角，那他岂不成了最大的帮凶？可胡经寸步不离自己，这里到目前为止，除了胡经手里有一部卫星电话外，再也没有看到过任何一部电话。联系徐卫东谈何容易。

这天，他做完了当天的货量，像往常一样来到竹楼屋檐下，坐到了在躺椅上乘凉的胡经身旁，接过了胡经递给他的烟，点着抽了一口，说：“胡哥，说句不该说的，我觉得包总靠不住。”

胡经哼了一声：“我觉得谁都靠不住。靠得住的，都他妈死了。对了，你不也觉得我靠不住吗？”胡经叼着烟扭过脸看着宁志说：“没关系，我理解……你有兄弟为你死过吗？就在你面前那种。”

宁志笑了笑摇摇头：“没有。”

胡经叹了口气说：“那种感觉你不懂。”

宁志看着远处黑漆漆的山，说：“我们这种人，没权没钱，谁肯为我们死。”

胡经看着宁志，不屑地摇着头笑了笑，问道：“对了，你那根指头是怎么回事？”

宁志抬起手看了看残指，说：“年轻不懂事，逞强呗。”

胡经呵呵一笑：“男人的血，要流到值得流的地方。”

宁志歪头看着胡经问：“女人呢？”

胡经愣了一下，指着宁志坏笑起来。这时，他的保镖送走刘亚男回来了，走过来对躺椅上的胡经刚俯身要说话，就被胡经轻踢了一脚。胡经指着宁志对保镖说：“宁志兄弟是外人吗？这种事需要背着他吗？”

保镖笑着看了眼宁志，说：“搞定了，查到一个周亚迪当地的手下，这人现在就在监狱里，我已经找到他家了。”

胡经兴奋地一拍椅子扶手：“好，想不到他周亚迪也有百密一疏的时候，我以为他的全班人马都是外面带来的。不过你先别动，别又跟以前似的打草惊蛇。”

“放心吧胡哥，不会的。”

胡经又给保镖后脖颈来了一巴掌：“每次都说不会，派进去五六个人，连句话都没带出来就死在里面了。”

“这次我是双保险，监狱长的底细马上就要摸清了，到时候双管齐下，就不信那姓周的还能藏得住。”

胡经来了兴趣，指着对面的一把椅子：“坐着说。”

保镖坐到椅子上，说：“我想过了，以前我们一直盯着姓周的，可他藏得太深，时间又紧，所以换了个办法，从他周围的人下手，慢慢朝他靠近，书里有句话叫作……叫作什么农民包围什么来着？”

“农村包围城市？”宁志提醒道。

保镖一拍脑门儿：“对，农村包围城市。”

胡经满脸新奇地看着自己的保镖说：“你还开始看书给脑瓜子施肥了？”说着给宁志倒了一杯茶：“来尝尝那天老包送的茶。”

保镖嘿嘿一笑：“差点忘了，送亚男姐走的时候，亚男姐让我转交给宁志哥一本书。我办事的空当没事干就翻了翻，正好看到这一段。”

“书？什么书？”宁志接过胡经递给他的茶，喝了一口。

“《毛泽东选集》。”保镖说。

胡经和宁志不约而同地“噗”的一声，将喝进口中的茶喷了保镖一脸。保镖抹了抹脸上的茶水说：“我去拿。”就朝车那边跑去。

宁志忙说：“不急，先说事。”保镖这才停下脚步，走回来：

“也没什么事了，我这就去姓周的那个手下家里。他那个手下现在就在监狱里，只要把他家人搞定，嘿嘿。”

胡经想了想，说：“我跟你一起去。”看向宁志：“一起吧。”

宁志想也没想放下茶杯站起身：“早就想出去转转，在这儿都快憋死了。”

一上车，宁志便看到座位上扔着一本《毛泽东选集》，伸手要拿，被胡经抢先夺了去：“《毛泽东选集》嘛，我家里也有。”

“胡哥还看这书？”宁志有些不可思议地问道。

“我父亲看，我那个叔叔也看。”胡经拿着书甩了甩，又仔仔细细翻了一遍，“还真是一本书。”

“啊？”宁志装作失望地说，“没给我留个字条什么的？”

胡经把书递给宁志：“怎么？不高兴我查亚男姐给你留的东西？”

宁志接过书随便翻了翻，说：“怀疑我理所当然，可你要是连亚男姐也不相信的话……我就是随便说说，胡哥别往心里去，在这里我还有很多东西要跟你学。”

“当初过了境我要杀你，刘亚男可没有替你说话，后来我说要留你在这儿帮我制毒，刘亚男也没有留你。你才跟了她几天，她只是把你当成个备用的带货人，根本不在乎你的死活，你却处处护着她。”

宁志低头看着手里的书，说：“当初我在内地落了难，死皮赖脸地求她带我出境，她做到了。当初说好的，出了境以后的事，得看我的造化，丢了命是我运气不好，混得好是我能耐大，不管怎么说，我都得感激当初她愿意帮我。”

胡经盯着宁志看了好一会儿，问道：“你在那边还有家人吗？一会儿我们会路过一个镇子，你可以给你家里人打个电话，报个平安。放心吧，内地的公安就算偷听了电话，也拿你没办法，他们的手伸不到这里。”

宁志叹了口气：“有也跟没有一样，不过胡哥要是信得过我，我想给我内地的兄弟们打个电话，出来这么久，还不知道他们是死是活。”

“没问题，如果那边待不下去，让他们都过来，能让你牵挂的兄弟，肯定不是吃闲饭的。”胡经回头见随行的车和人已经准备好，带头钻进车里，正要招呼宁志上车，突然一摆手，吸着鼻子闻了闻：“你有没有闻到血腥味？”

宁志狐疑地左右闻闻：“没有啊。”

2

胡经的车队从丛林中驶出，横冲直撞地开进了一个村庄，在泛着腥臭的泥泞的村道上拐了好几个弯，在一处破败的茅草屋前停了下来。胡经的保镖先下了车，安排随车跟来的人将茅草屋团团围住，自己又站在车前四下看了看，这才打开车门对胡经说："到了，这家三代都跟着周家，最近周亚迪在监狱里亮了相，他们家唯一的儿子就进去护驾了。"

胡经和宁志下了车，站在茅草屋黑洞洞的门前张望了一下，胡经问道："叫什么？"

保镖说："丹。周亚迪在里面可能人手不够用，又招了几个以前跟着他爸爸的人进去了，这个丹就在周亚迪身边。"

胡经点点头："进去看看。"

保镖拿出枪拉了下枪栓，弓着腰钻进黑洞洞的门，不多时，猫着腰走了出来："胡哥，丹的老婆和老妈在。"

"他爸爸呢？"胡经问道。

保镖看了眼远处几块七零八落的罂粟田说："在田里干活。"

胡经四下看了看："进去看看。"带着宁志走进了那间连门框都没有的屋子。刚一进门，就闻到一股酸臭的气味，胡经皱着眉头问道："这什么味道？"揉了揉眼睛适应了屋内的光线，见一个老妇人和一个年轻的女人坐在墙角的竹床上，满脸惊恐。胡经一扭头见墙角还供着一个佛龛，赶忙双手合十拜了拜，对保镖说："告诉他们……对了，那人叫什么？"

保镖提醒道：“丹。”

胡经说：“对，就说丹瞒着我们，帮我们的敌人做事。”

保镖用当地语言对丹的家人说了一通话，两个女人吓得不知所措，双双跪在地上对着胡经磕起头来。胡经又说：“告诉她们，丹有机会弥补他的过错，如果把敌人说出来，我可以免他们全家的罪过，还会给他两百美元。如果在监狱里把敌人干掉，我可以保他出来和他们团聚，再给他们五百美元，不然全都得死。”

保镖正要翻译，被胡经伸手拦住：“你慢慢跟他们说吧，把话好好组织组织，免得她们听不明白，我实在待不住了，在外面等你。完事留几个机灵点的人守在这儿。”

“知道了，胡哥。”

胡经对宁志勾勾手指，快步走出丹的家门，一出门便抬起头大口地喘了几口气：“妈的，熏死我了，什么味道？”

宁志说：“应该是鸦片。”

胡经看了一眼宁志：“以前怎么没觉得这么难闻？对了，内地也有这东西吗？”

“有。”

胡经眼珠一转：“你不说我还忘了，跑去内地给我做市场调查的人怎么还不回来？”

“市场调查？”这段时间宁志听胡经嘴里时不时冒出些正经词

来，每次听到还是禁不住觉得好笑。

“现在竞争那么激烈，不专业一点怎么混，产品要多样化，市场要细分，物流要快要安全……算了不提这个了，烦。”

宁志眺望着不远处那几块罂粟田，只觉心头越来越沉，眉头也越锁越紧。胡经见宁志脸色不对，问道：“怎么了？”

宁志叹了口气：“哪天我这手艺被淘汰了，我是不是也该被淘汰了？”

胡经呵呵一笑：“你多虑了。”

宁志扭脸看着胡经：“是吗？”

“是啊。”胡经看着宁志，宁志也看着胡经，二人相视呵呵笑起来。

等了一会儿，保镖从丹的家里走出来，沉着脸说：“这一家人，死猪不怕开水烫，不知道那边给灌了什么迷魂汤。”

胡经扭头看着保镖：“怎么？你没办法了？”

保镖一咬牙：“我这就去把他爸抓回去。”

宁志赶忙说：“胡哥，我去试试吧，毕竟是要人家帮忙，动不动抓人，不太好看。”

胡经看了眼宁志，点了点头。保镖忙跟在宁志身后：“我给你当翻译。”这时，从田埂那边上来一个又黑又瘦、形容枯槁的老头。他用锄头当拐杖撑着地，茫然地看着面前的这些人，许久，低着头步履蹒跚地进了丹的家门。

胡经指着那老头的背影问保镖：“他是谁？怎么这么没礼貌？见了我连招呼都不打一个？”

保镖走到门口，把头伸进屋子，用当地话不知说了几句什么，退出来说：“是丹的爸爸。”

胡经对宁志说：“你看到没有，周家的人一个个从老到小都这么没家教。”宁志笑了笑，说：“胡哥，身上有没有带钱？”

胡经从口袋里抓出一把美元，每张都是一百面额的，一把怎么也得有一两千。宁志说：“借我用用。”

胡经把钱全塞给宁志：“你要买什么？”

“你忘了，要过年了，托人家办事总得意思意思。”宁志不等胡经发作，又说，“胡哥，能花钱解决的话，就不要见血了，大过年的，不吉利。”

胡经这才点点头：“行，你去吧。”

宁志带着保镖钻进了茅草屋，见丹的母亲和妻子正围坐在一张小桌前，脸上还挂着泪痕，看样子正在和丹的父亲哭诉着什么。宁志对丹的父亲笑吟吟地说：“老伯，胡哥托我来给你们全家拜年。”丹的父亲听完保镖的翻译，愣在了那里。宁志把手里的钱整理了一下，双手递到丹的父亲面前，说：“恭喜发财。”丹的父亲看着那沓钱，张着嘴巴呆呆地看着宁志，既不接，也不推。宁志把钱放到了小桌上，指了指地上的一个凳子问道：“我能坐吗？”见没人答话，宁志坐到小凳上问道：“有水吗？我有点渴。”丹的父亲这时像是回过神来，忙给宁志倒了一碗水。

宁志端起碗喝了一口水，眼睛已经看到丹的母亲脚下有一瓶印着骷髅标志的农药。“我知道这里以前是周先生家的地盘，你们世代为他们家种烟，你们和周先生家算得上是世交，为了这份情谊，你们为他做什么都不为过，我都理解。”宁志说完一段停下来，趁保镖翻译的空当将桌下那瓶农药拿起来看了看，说，“但我来不是谈情谊的，是来谈点实际的。”将农药瓶丢在一边，抬头环顾这间破旧的房屋，“我希望你能帮帮我，帮帮丹，也帮帮这个家，就算丹跟着周先生回来了，又能怎么样？将来丹有了孩子，难道还是种烟吗？或者还是把脑袋别在裤腰带上过刀头上舔血的日子吗？”见墙根下丢着一把锈迹斑斑的镰刀头，他走过去拿在手里把玩起来，丹一家人的神情随着宁志拿起那把镰刀头开始紧张起来。

宁志玩了一会儿镰刀头，又说：“我就问你们一句话，你们想种水稻还是想继续种烟。如果想接着种烟，我决不为难你们，等周先生来了大家继续抢地盘，你们继续在这间屋子里过你们的日子，等丹有了孩子，有了孙子，接着种烟，玩儿命。”宁志停下来，一边等保镖翻译，一边静静地观察着这一家人的表情，然后接着说，“或者你们帮我的忙，帮胡哥的忙，我们不想让周先生回来，我们想把地交给你们种水稻，每家只留出很小的一块种烟就好。”

丹的父亲听完保镖的翻译，看着宁志慢慢地喝了一口水。宁志忙举起自己的碗：“祝大家新年快乐，身体健康。”说完干了碗里的水，又说，“你们以前没见过我，我是从外面来的，胡哥请我来就是为了试验能用一两烟膏加工出一公斤甚至两公斤的货来。这样不仅成本更低，而且速度更快，重要的是，我们已经成功了。所以根本不需要那么多烟膏，也就不需要那么多烟田。胡哥想让大家都过得好一些，能顿顿吃上白米饭，吃上肉，能让丹的孩子可以读书，能让你们老了干不动时，还能有钱养老。”保镖翻译到这里停了下来，不可思议地看着宁志，宁志抬起头对他点点头示意他继续，他清了清嗓子，开始接着翻译。宁志摸出烟递给丹的父亲一支，又帮他点着，看着他抽了一口，这才站起身说：“时间不早了，我们也该走了，不过真的没什么时间考虑了，愿意种水稻，还是愿意种烟？”宁志正要出门，就听丹的父亲说了句什么。宁志看向保镖，“他说什么？”保镖笑着说：“他说想种水稻。”

宁志微微一笑，对丹的父亲说：“周先生很快就会出来了，如果丹能在他出来前……我听说丹跟过师父学过打拳，我觉得这种事对他来说不难。”

丹的父亲“啊”了一声，吃惊地看着宁志。

宁志叹了口气：“周先生的势力很大，如果出来恐怕很难有机会了，现在整个监狱包括那些狱警都是他的人，我们的人根本进不去，能混进去的生面孔又不可靠，所以……"

丹的父亲听保镖翻译完这一段，为难地低下了头。

宁志又说："我知道很为难……"他的话没说完，就被丹的父亲打断了。保镖急忙翻译："种水稻，你说话算数？"

宁志看着丹的父亲混浊的眼睛，一点头："算数。"

丹的父亲看了看家人，皱着眉头，一咬牙狠狠地对宁志点了点头："嗯。"

宁志微微一笑："对了，胡哥说希望来年水稻丰收了，他能吃一碗你们亲手种的白米。"

丹的父亲听到这里，本来混浊的双眼湿润了。宁志说："要快，一天都不能耽搁了。"丹的父亲只是一个劲儿地点头。宁志问："你说话算数？"丹的父亲一挺胸："算数。"听保镖翻译完，宁志满意地点了点头："那我们先告辞了。"走出丹的家，保镖追到宁志前面，小声问道："胡哥真的要让他们种水稻？"

宁志说："我骗他们的。"保镖一愣，不可思议地看了宁志一眼。宁志反问："你希望他们种水稻还是烟？"保镖笑了笑："对了，你真的能把一两烟膏加工成几公斤货？如果是那样就种水稻，收成再不好，也有白米下锅，只不过是吃饭还是喝粥的区别罢了。如果只种烟，要是收成不好就很惨……"

宁志冷冷地打断了保镖的话，说：“不能，我只是觉得能谈妥的事，没必要动刀动枪的。”

保镖再次扭头看了看宁志，不再言语。

胡经见宁志出来了，从车上跳下来说：“怎么样？谈妥了？”

宁志点点头：“他们同意了，花点钱的事。”

胡经一皱眉：“你把那些钱全给他们了？”

宁志说：“就当是我这些天的工钱吧。”

胡经一瞪眼：“我不是心疼那点钱，你宁志开口，别说那几张美元，几百万我眼都不会眨一下。可你给他们，以后这个价码越来越高，会乱了行情。”说完对保镖说：“留几个人看着他们。”也没有让宁志上自己的车，独自跳上车绝尘而去。

胡经的反应出乎宁志的意料，他站在丹的家门口愣了好一会儿，才上了另外一辆车。等返回胡经的住处才想起，胡经本来答应他去最近的镇子打个电话的，看眼下情形，一时是没有机会联系到徐卫东了，不觉有些懊恼，只怪自己一时心软，很可能耽误了大事。如果再拖延下去，自己亲手造出的毒品一旦达到可以出货的量，那后果远比丹一家三口的性命更严重，将会有更多人为此丧命。想到这里，宁志被自己的冷血吓出了一身冷汗。曾几何时，人的性命在他的心中成了可以用数量对比来取舍的了？他拍了拍自己的脑门儿，安慰自己：好在已经保住了丹一家的性命，接下来只需争取尽早与徐卫东取得联系就好了。

宁志回来后，并没有主动去找胡经解释什么，他知道再多的解释也不及更多高品质的新型毒品能让胡经开心了，尽管这样的交易已经在无形中将他逼上了绝路。他要做出更多的毒品来取悦胡经，只为能够换取打电话的机会。而打电话是为了与上级取得联系，以此捣毁胡经的贩毒网络。这其中最重要的环节竟然就是自己，如果失败，不仅会害死很多人，还会为自己、为战友、为上级蒙上永远无法消除的耻辱，那样的自己将会是多么可笑的一个角色啊。

又过了忙碌且纠结的一天，宁志从木屋出来，对着守在门口的胡经的手下说："叫胡哥来验货。"

"胡哥不在。"那手下说，"胡哥说宁哥的货没问题，不用验了。"宁志"哦"了一声，有些失望，本来他今天特意多做了五十克，只等胡经心情好就提出打电话的要求来，看来只能等明天了。他一边摘手套一边问："什么时候回来？"

"用不了多久，你知道他动手都很利索的。"手下对宁志扬了扬眉毛。

"动手？要对谁动手？"宁志警觉了起来。

"丹的全家。"

宁志一惊，忙问道："什么时候走的？"

"有一会儿了，刚在这里等了你一会儿，等不及走了。"

宁志把手里的毒品袋往那人怀里一塞，说："给我找辆车。"

"车？钥匙都是胡哥自己管，我们……"守卫像是抱着一块烫手山芋似的说。宁志顾不得许多，一把推开那个人，疾步冲进竹楼向着胡经的房间跑去。屋内几个枪手见有人冲了进来，先是一惊，仔细一看是宁志，只好摸着枪迎上去把宁志拦住："宁哥，什么事？"

"给我辆车。"

"这可不行，没胡哥……"

宁志一把推开拦在面前的两个枪手，刚推开胡经的房门，就听身后传来拉枪栓的声音。宁志猛地回头，一脚踢掉最近的一人手中的枪，凌空把枪接住对准另外一个枪手。那枪手见到有枪口对着自己，当即一愣。宁志趁这空当上前一枪托将那人砸晕，闯入了胡经的房间，在屋内一通翻箱倒柜，很快在床头柜的抽屉里找出几把车钥匙。走出门时，见门外已经站满了胡经的人，他们拿着枪呈扇形将宁志围住。

"让开。"宁志冷冷地说完，发现不仅没有人动，反倒所有人的枪口都对准了自己，只好说："知道打死我的后果吗？"

一个稍微胆大的枪手苦着脸说："宁哥，你别为难我们，你这样，左右我们都是死。"

"你放心，我是要去帮胡哥，不是要跑。"

“宁哥，别为难我们。”

宁志见这些人没有要让开的意思，叹了口气说：“要不你们跟我一起走，我如果跑，再开枪也不迟。”

一个枪手摇着头说：“宁哥，你知道胡哥的脾气，我们知道你不会跑，可是……”宁志打断了那人的话：“这样，等我办完事，我会向胡哥解释。”说着刚往前走了一步，对面一个枪手不知是因为紧张还是什么，扣动了扳机，子弹打在宁志的脚边，弹起来击中了墙角的一个花瓶，只听“哗啦”一声，花瓶碎了一地。

宁志回头看了一眼地上花瓶的碎片，盯着那人冷冷地说：“你知道上次对我开枪的人是什么下场吗？”

那人脸色一变，咽了口唾沫：“宁哥……我……”宁志冷冷地扫视了所有人一圈，慢慢地又往前迈了一步、两步……扇形的包围圈随着宁志的前进而后退、分散，最终让出了一条路。

宁志带了三个人，把车速提到极致飞也似的朝丹的家驶去。这条路多半是在盘山，一边峭壁，一边悬崖，尽管那悬崖并不高，只有五六米，但一旦有个闪失足以车毁人亡。那三人从没在这条盘山路上坐过速度这么快的车，各个双手抓着车内能够着的最稳固的东西，瞪着眼睛，张大了嘴巴，每过一个急弯都会忍不住叫起来，然后整个身体随着巨大惯性在车内来回撞着。眼看距离丹家还有大概五公里的时候，车前突然出现一个急弯，宁志还是没有减速，一打方向飘着甩了过去，由于拐弯太急，以至于车尾横着甩向了一边，后轮结结实实地蹭到了路边一个不起眼的树桩，只听一声巨响，车胎爆了。车身猛地一倾，失控地朝悬崖方向滑去。宁志一边扶着方向盘，一边控制住车的速度，终于在即将滑下悬崖的瞬间将车横着停了下来。

宁志推开车门下了车，见爆了的后车胎已被磨得冒了烟，赶忙跑到车后，见备胎也是破的，看来是上次爆胎后还没来得及更换，默默骂了一句，低下头系紧鞋带，迈开大步朝前跑去。车内的三人这才哆哆嗦嗦地从车上爬下来，一看车轮紧挨着悬崖边，小石头还在扑簌簌地往下掉，当即腿脚一软瘫坐在了地上。

3

胡经的车此时刚到丹的家门口，停了下来。他坐在车内朝外看了一眼，问道：“我的枪呢？”保镖伸手从座位底下够出一个枪盒递给胡经。胡经笑眯眯地打开枪盒，只见里面放着一金一银两把大口径手枪。他拿起其中一把枪，在枪身上哈了口气，用衣袖小心地擦了擦：“妈的，定制的，别还没开荤就磨花了。”说着照司机后脖颈就是一巴掌，“开那么快，磨花了，我拿你祭我的枪。”那人缩着脖子说：“我……我先下去看看。”

胡经坐在车内，左右手各拿着一把枪，皱着眉头自语道：“今天用哪把好呢？”还在犹豫的时候，保镖从丹的家里出来，走到车边对胡经说：“屋里只有丹的老妈，他老爸和老婆下地干活去了。”

胡经又看了看手里的枪，眉头越锁越紧：“一人一枪，可是有三个人，只有两把枪，第三个用哪把好？”

保镖清了清嗓子，说：“胡哥，你看……”

“看什么看？把人都给我带这儿来。”胡经冷冷地看了保镖一眼，自己下了车，把两把枪插到腰后，感觉有什么在扯他的裤脚，低头一看，脚下一只也就三个月大的小狗正咬他的裤腿。他蹲下来伸手摸了摸那只小狗的耳朵，小狗高兴地舔着他的手。胡经来了兴致，像是忘了自己来干什么，索性跟那狗玩起来，小狗不认生，没两下便四脚朝天地躺在地上打滚。胡经用手指挠着小狗的肚子，嘿嘿地笑着：“爽吗？爽吗？”

这时，保镖将丹的父母和妻子都带了过来，见胡经在跟小狗玩，怯生生地说：“胡哥，人，来了。”

胡经抬起头，看了眼一家三口，忘了手还在小狗的嘴里，不知不觉地手伸到了小狗的嗓子眼里，小狗用刚换的小牙咬了一下。胡经一惊，猛地把手从狗嘴里抽回来，手指上多了一道淡淡的白印。

他站起身来看看手上的印子："妈的，咬我。"猛地一脚踢向小狗，小狗吱的一声凌空飞撞到几米开外的一棵树上，掉在地上，抽动了几下，没了动静。

胡经把手指凑到保镖面前问："用不用打疫苗？"

等保镖去看时，那个白印已经消失了，说："胡哥，没破皮，不用。"

"啊。"胡经回头看看小狗的尸体，"怎么不早说。"丹的父亲和妻子站在一边，满脸惊恐地看着胡经，三个人越拥越紧。胡经让人帮他倒了瓶矿泉水洗了洗手，甩着手上的水走到丹的父亲面前问道："去探过监了？"

丹的父亲小心地听完胡经保镖的翻译，用力地点点头："胡老板，您吩咐完，我们把家里的事安顿了一下就去了。"

胡经点点头，又问："他答应了？"

丹的父亲愣了一下，低下了头，但很快又抬起头，眼神明显开始慌乱了："答应了，答应了，他说他会尽快办好。"丹的父亲的声音越来越低。

胡经笑了笑，扭头问丹的妻子："是吗？"

丹的妻子头埋在胸口，轻轻点了点。胡经四下看了看："你们家的坟地离这儿远吗？"

丹的父亲说："不，不远，就在山上。"

胡经顺着丹的父亲指的方向朝山上看着，大约三百米的地方，有几个坟头。胡经一撇嘴，说："还是有点远，算了，一会儿辛苦你们了。"看了看身边几个手下，又对丹的父亲说："就因为你的儿子没教好，自己老婆的话他不听，连自己老子的话也不听。"胡经突然喝道，"孽子！你们全家一起耍我。"所有人被吓得浑身一颤。胡经双手从腰间抽出枪，举起来对准了丹的父亲："你教子无方。"双手慢慢地扣向扳机。

丹的父亲无力地跪倒在地上。丹的妻子跟着也跪倒在胡经的脚下。就在这时，只见宁志从远处跑来大声喊道："胡哥。"

胡经扭过脸一看，见是宁志，很是意外，大声回应："啊？"

宁志一边跑一边说："你等一下，我有话说。"

"你说什么？"胡经扣动了扳机，丹的父亲应声倒在地上。丹的母亲只是呆呆地看着，绝望而干涸的眼睛里竟然没有一滴眼泪。丹的妻子顾不得溅在脸上的血，缩在地上捂着嘴，生怕哭出声来。

宁志赶了过来，喘着气，看着地上的老人："胡哥。"

这时胡经又将枪口对准丹的妻子，问宁志："你刚才说什么，太远我没听清，刚才被一只狗咬了，难道被狗咬影响听力吗？"胡经摇摇头，看着丹的妻子一个字也没说便要开枪。宁志见状，猛地将胡经手臂推开，枪声响后，子弹射向了一边。枪从胡经手中掉落，摔在地面的一块石板上。

胡经看着自己心爱的枪摔在了石板上，扭过头冷冷地看着宁志一言不发。“对不起，胡哥。”宁志弯腰去帮胡经捡枪。哪知刚弯下腰够到枪，胡经照着他的后腰就是一脚，宁志一个趔趄摔倒在地上。

胡经就手从地上捡起一根麻绳，抡起来对着宁志便抽去，绳子带着风声“呼”的一声抽在宁志的身上。宁志挥手一挡，绳子抽到了胳膊上，绳头却打到了脖子上，很快胳膊和脖子上便渗出血来。胡经并没有停手，抡着绳子一下接一下地打起来……好一会儿，打累了才停下来，俯下身双手撑在膝盖上，拼命地喘着气，看着宁志手里还握着刚捡起的枪，问道：“你怎么不开枪啊？”

“我冲撞了胡哥，该死。”宁志起身，双手将枪递到胡经面前，“胡哥，这事跟他们没关系，你杀了他们也没用。”

胡经冷冷哼了一声：“有用没用杀了才知道。”接过枪对准了丹的妻子。

宁志拦在丹的妻子面前，说：“两天，就两天，两天后如果还没有消息，我帮你动手。”

胡经笑了笑，说：“如果老包捎给我的消息无误，姓周的这两天就要出来了。两天？你有几个脑袋担得起？”

宁志说：“就算你杀了他们全家，到时候如果姓周的出来，不还是一样的结果？一定有办法的，一定会有比杀人更好的办法。”

胡经打量着宁志，说：“你，不是跑来的吧？”又向宁志来时的路张望了一下。

“开车，半路车坏了，所以只能跑来了。”宁志说。

胡经冷笑道：“开车？那你杀了多少人把车开出来的？”不等宁志回答，又说：“我印象里你可不是个善类，对我的兄弟动起手来，下的都是死手，呵呵，现在竟然冒这么大风险跑来救这家人？偏偏这家人是丹的家人，是周亚迪的人，是周亚迪的亲信。宁志，我想我以前可能小看你了。”

胡经的话说到这儿，他所有手下全部举起枪对准了宁志。“胡哥，你怀疑我是周亚迪的人？”宁志知道胡经性格多变又多疑，没想到他多变多疑到这个份儿上。

胡经举起枪对准了宁志：“我对你不薄，你却背叛我，看来我和‘宁志牌’没有缘分。”宁志看着对着自己的一个个黑洞洞的枪口，笑了：“呵呵，难怪你没有信得过的兄弟，因为诚心帮你的都被你杀完了，我本想把配方给你的……”胡经一听这话哈哈大笑起来：“哈哈哈，怎么？怕了？原来你也怕死啊？不过现在这个时候，比起配方我更想要你的命。”

胡经举着枪看了宁志一会儿，对保镖使了个眼色：“我还真下不了手，你来吧，给他个痛快。”

胡经闭上眼，双手捂住了耳朵。保镖上前对着宁志的后腰一脚，将宁志踹倒跪在地上，枪口对着宁志，抬头又跟胡经确认道：“胡哥。”

胡经捂着耳朵闭着眼用力点点头。保镖叹了口气：“宁哥，对不起了。”枪口偏向一边扣动了扳机。一声枪响之后，胡经慢慢地睁开眼，却看到宁志站在他的面前，而自己的保镖带着的八九个手下的枪口全部对准了自己。胡经大惊失色，瞪着眼看着保镖：“你……”

保镖叹了口气：“胡哥，不好意思，别乱动，把枪丢在地上，慢一点。”

不等胡经丢枪，他身后两个手下一左一右将他手里的枪夺了过去，又把他按倒在地上。保镖见胡经被制服，扭头看了眼宁志：“宁哥，迪哥说宁哥是人才，要我们照顾好你。”

宁志说：“我不认识迪哥。”

保镖笑了笑，丢给宁志一把枪，瞥了眼胡经又说：“他已经疯了，今天他要杀你，早晚也会杀了我和这里所有的人，不如你带我们去跟迪哥吧，以后我们就是你的人。”

宁志看看手里的枪，看着跪在地上的胡经，苦笑着说：“你现在相信我了吗？”

胡经只是呆呆地看着自己一向最信任的保镖如今竟然用枪口对

着自己，没有说一个字。

宁志蹲下身捡起胡经的枪，说："可是太晚了。"卸下弹夹看了眼，随手装好上膛，用枪对着胡经的眉心："对不起。"

胡经依然直直地看着自己的保镖，嘴唇颤抖着，不知他是想哭还是想笑。宁志猛地转过身，双手双枪一连开了十枪，短短不到十秒的时间，刚才还拿着枪围着胡经的十个人已全部中枪倒在地上。宁志走到保镖身边，见他胸口的一个弹孔里殷红的鲜血正往外冒，他急促而凌乱地喘息着，用最后的气力不可思议地看着宁志。

宁志面无表情地用枪口对准了保镖的眉心，说："对不起，我不认识迪哥。"说完扣动扳机，只听"嗒"的一声，保镖眉心多了一个弹孔，睁着眼没了呼吸。

宁志转过身，扶起木偶一样的胡经，帮他拍掉身上的土，把枪塞回到他手中："我把你当老板、当兄弟，诚心帮你把事做大，你却不信我，看来你我的确没缘分。"看了眼身后的尸体，说，"这是我为你做的最后一件事，既然这里容不下我，我还是回去找亚男姐吧，这枪里还有一颗子弹，你随便。"宁志转身刚走两步，又回过头，"车的确是我抢出来的，但我没杀人。"走出没两步，就听胡经在身后叫道："宁志。"

宁志头也没回，一边走一边举起手挥了挥。胡经追上去拦住宁志，看着宁志的眼睛，狠狠抽了自己一个耳光，说："是我糊涂，你留下来吧，以后我胡经的就是你的。”不等宁志说话，举起枪对着自己的肩膀：“这一枪算给你赔罪。”说完眼都不眨一下就扣动了扳机，子弹射穿了他的肩膀，他浑身一震朝后倒去。

宁志一把将他扶住：“胡哥。”

胡经忍着疼，说：“对不起。”他低头看了眼肩上流出的血，“真他妈疼。”

七
再见秦川

1

两天后，胡经把自己的所有人召集到院子里，当着众人的面递给宁志一个文件袋，说：“我帮你在国外开了一个户头，存了一笔钱。不多，千八百万美元，算是我的一点小意思。你不用推辞，将来只要是我赚到的钱，都有你一半。”

宁志犹豫了一下，接过文件袋：“谢谢胡哥。”从口袋里摸出一张纸递过去，“胡哥，这是配方，我写得很清楚，是个识字的人就能配。”

胡经接过那张纸，看都没看一眼便用打火机点燃，看着火苗一点点将那张他梦寐以求的配方烧成灰烬后，说："谢谢兄弟，这个我收下了，但还是得麻烦你帮我做，你的手艺别人学不来。"

宁志只想着尽快最大限度地得到胡经的信任，好早些去联系徐卫东汇报这里的情况，请示下一步的行动内容。万万没想到因为自己看似不理智的行为，在去救丹一家的时候，会碰上胡经最得力的助手造反。阴差阳错之下，胡经有今天的举动，说不意外是假的，宁志叹了口气说："你也说了，赚来的钱都有我的，我还藏着这个干什么，以前我留着是为了保命，现在不需要了，更何况……万一我有个三长两短，那这配方在这里就再没人知道了。"

胡经笑了笑："谁敢动你，不管他是谁，不管他躲在哪里，我一定会给你报仇。这个配方既然叫'宁志牌'，你要有什么三长两短，这个方子也没人配用。"胡经转过身对着众手下说："都听好了，以后宁志就算说让你们杀了我，你们也要按他说的做，谁敢违背他，我第一个弄死他。"见众人没反应，喝道："怎么？没听明白？"

一群人异口同声说："明白了。"

宁志看看胡经的肩膀，说："差不多，该给你的伤换药了。"

胡经一摆手："不要紧，医生说没伤到筋骨，好吃好喝很快就好了。"

"胡哥，我想去关周亚迪的监狱看看。"

“那种地方有什么好看的？晦气，不吉利，干我们这行没事离那种地方远一点。”

宁志扶着胡经坐到椅子上说：“我们现在对周亚迪一无所知，那座监狱里又都是他的人，只有我算个新面孔。我想与其在这儿等消息，不如主动去监狱外守着，他出来的话，肯定动静不小，到时候有机会就把他干掉。”

胡经看了眼宁志，想了想，忙摇头：“不行不行，那个地方离我们的地盘太远，太危险了。”

胡经看着宁志狡诈地一笑：“我还有一张王牌，他周亚迪以为买通了狱警就没事了，呵呵，不过这次我们要花血本了。”

宁志正要问问是什么人，就见胡经的一个手下跑进来说：“胡哥，周亚迪死了。”

胡经和宁志异口同声地惊道：“谁死了？”

那人说：“周亚迪死了，是丹杀了周亚迪。”

宁志忙问道：“那丹有消息吗？”

“也死了，他杀了周亚迪，还能有活路？”

胡经一把抓住那人的胳膊瞪着眼睛问道：“确定吗？你要敢耍我，我扒了你的皮。”

那人使劲点了点头。胡经的眼珠转了转，起身说：“我去打个电话。”不多时，拿着一部卫星电话兴冲冲地走出来对宁志说：

“应该是死了，但我还是不敢相信，晚上我们去验尸。”他像是想起了什么，把卫星电话递给宁志：“你不是要打电话给你兄弟吗？赶紧联系，要是那边不好混，就都到这里来。”

宁志看着卫星电话，愣住了：“这，合适吗？万一警察盯上了这部电话……”

胡经笑了笑：“电话是死的，人是活的，放心打吧，这边太吵，拿去那边打。”

“谢谢胡哥。”宁志拿起电话找了个僻静处，用几乎是颤抖的手指播出了一串号码。很快电话接通了，那头一个中年妇女用不耐烦的声音说：“二厂传达室，找谁？”

“我找9号楼208室。”

那头还是极不耐烦地说：“那屋里没人，早搬走了。”

“那麻烦你帮我去210室找一下老九。”

“老九好些天没见人了，你是谁，有什么话需要我转达吗？”

“我是老九的兄弟，他要不在就算了。”

“等等，他好像来了，你等一下。”电话里一阵忙音，一个熟悉的低沉的声音从那头传来：“说。”

宁志见胡经正坐在屋檐下给肩膀上的枪伤换药，对着电话说：“老徐，事成了，然后怎么办？”

徐卫东在电话那头说：“混得不错，都用上胡经的卫星电话了？你听着，根据情报，胡经开始准备为你制的那批毒拟定运输路线了，你的任务是把路线图搞到，然后给你的上级。”

“怎么给？我的上级除了你还有谁？”

“不是我，但你也认识，他人就在金三角，应该没几天就会见面了，现在不告诉你是因为……”

“行了，纪律的事就不用啰唆了，我知道。”宁志打断了徐卫东的话。

“你他妈跟谁说话呢？再给我重复一次？”徐卫东在那头低声喝道。

宁志嘿嘿一笑：“对了，胡经让我把那边的兄弟也叫来，你看是不是把秦川……”

“没别的事就这样吧。”

“是。”宁志挂了电话，叹了口气，低着头走到胡经旁边。胡经看了他一眼说：“怎么？没联系到？没关系，多打几次，要不这个电话先留给你用。”

“不用了，这玩意儿太容易闯祸，我怕出了事担不起。”宁志把电话还给胡经说，“用的时候我找胡哥借就是了。”

后半夜，胡经派人叫醒了宁志，带了十几个人开着车下了山。在山下的小路上行驶了一会儿钻进了路边的竹林，又在竹林中走了三四公里。只见远处一道灯光对着他们闪了两下，胡经让司机用车灯对着那边也闪了两下，慢慢地把车开了过去。一片空地处停着一辆车，车前堆着一个巨大的袋子，一个穿着警服的男人靠在车边，见胡经下车，走过去踢了踢脚边的袋子说："验货吧。"

胡经对宁志简单介绍了一下："这就是监狱长。"说完对身边一个手下使了个眼色，那人上去蹲下撕开那袋子，里面装着一具尸体。胡经拿着手电筒照着那尸体的脸仔仔细细看了半天，说："这……就是周亚迪？我怎么看着眼熟呢？"俯下身子一把撕开尸体的上衣，只见胸口有一道闪电般的刀痕。胡经倒吸了一口凉气，喃喃地往后退了两步，自言自语："这怎么可能？"

宁志问道："胡哥，有问题吗？这是周亚迪吗？"

胡经一把揪住监狱长的衣领，指着地上的尸体："这是周亚迪？"

监狱长点点头："我是那儿的监狱长，谁是谁我还不清楚吗？"

胡经咬着牙一把将监狱长推开："这他妈的是赵振鹏，他是周亚迪那个死鬼老爸在香港的司机。他胸口那一刀是我亲自砍的，这小子命真硬，居然没有死！"

"他是赵振鹏？"监狱长看着地上的尸体说，"他是赵振鹏，那监狱里的那个赵振鹏又是谁？"

“监狱里还有个赵振鹏？”胡经眼珠一转，“妈的，上当了，那个赵振鹏才是周亚迪。”

见监狱长瞠目结舌地看着自己，胡经暴喝道：“你还愣着干什么？快回去把人给我干掉！干掉！看看天，都快亮了，今天天亮是他们越狱的时间，干不掉他，我就把尾款都塞进你的嘴里。”

胡经气呼呼地看着地上赵振鹏的尸体，左右看了看，找出一块石头，高高举起狠狠地朝那尸体的头砸了下去，冲那尸体啐了口唾沫，对那监狱长喝道：“前面带路，老子要去亲手宰了这姓周的。”

监狱长的车带着胡经的几辆车，在竹林里艰难地行进到天蒙蒙亮才上了公路。等到了监狱时，太阳已经老高了。胡经的车在距离监狱还有一百多米的一个拐弯处停了下来，看着监狱长到了监狱门口，刚跟门口的狱警说了两句话，便疯了似的对那狱警一顿拳打脚踢，然后带了几个荷枪实弹的狱警，开着车朝来时的路狂奔而去。胡经一看，像是泄了气，往椅背上一靠：“唉，放虎归山了。”不多时，一个狱警拿着几页纸垂头丧气地走了过来。胡经没好气地推开车门，冷冷地看着他。狱警看了眼胡经：“是胡老板吧，监狱长让我来给你说一下，监狱里那个赵振鹏走了，还带走了两个人，一个叫阿来，一个叫……”狱警翻开那几页纸看了看说，

“对，叫秦川。”

宁志听到秦川的名字时差点一颤，眼皮微微一抬，不动声色地扫了眼狱警手里的那几页纸。

狱警补充道：“那个秦川很能打，进来后就没老实过，之前还差点打死赵振鹏。他跟周亚迪很好，周亚迪被丹杀了以后，就是他第一个对丹动的手。”

宁志喉头动了动，问道：“那个阿来呢？”

狱警说：“秦川就是因为这个阿来进的监狱。有人打阿来，他替阿来出头，下手重了，打死了人。这个阿来就是个平头老百姓，我也奇怪赵振鹏为什么要带着他。”

胡经哪有心思听这些，急吼吼地问：“从这条路走的？”

狱警点了点头：“监狱长已经去追了。”

胡经咬咬牙：“还追个屁。”又问道：“他们跑了多久？”

“不到一小时，是一辆救护车。”

“一小时？”胡经眼睛一瞪，对司机一挥手：“追！”顺着这条路追了二十分钟就发现一个岔路口，胡经犹豫了半天指了指左边的路口说：“这边！”

司机握着方向盘，一脚油门，车蹿上了那条小路，哪知那条路越走越窄，到最后被不知什么时候发生的滑坡堆积的泥沙和石头堵了个严严实实。胡经暴喝一声，狠狠砸了车门一拳，却忘了肩膀上的枪伤，疼得龇牙咧嘴："掉头回去走另外那条路，我们走错了，监狱长是对的。"

胡经的车驶回那个岔路口，沿着另外一条路走了不到二十分钟，就看到路边有几棵被撞断的小树和一些被碾轧过的植物。胡经让车停下，跳下车顺着碾轧的痕迹往下走了几步，大喝一声朝下跑去。宁志赶忙跟了过去，等冲下那个坡，见一片空地上翻着两辆车，其中一辆就是监狱长的。监狱长和他带着的几个狱警，此时横七竖八地躺在地上，看起来早没了呼吸。再看看现场，就知道这里一定发生过一场恶战。

胡经疯了似的踢着监狱长的尸体，歇斯底里地喊道："妈的，废物！废物！废物！"

宁志静静地观察着地上的每一处细节，每一处血迹、每一具尸体上的弹孔都吸引着他的注意力。最后，他从地上捡起半把剪刀，看了看，攥在手里，紧锁起眉头遥望着远方。就听胡经还在骂："他周亚迪没那么大本事，这肯定是那个秦川的杰作。"又狠狠地踢了监狱长尸体一脚，"妈的，这个秦川是从哪里冒出来的？"

宁志仰起头想了想，说："胡哥，我们是不是应该主动去拜访一下周亚迪？"

"拜访他？"胡经恶狠狠地吼道。

"我们主动去，还可以探探他的虚实，没坏处。"

胡经想了想，咬着牙点了点头。

决定要见周亚迪后，胡经似乎有些焦虑，甚至连要穿什么衣服、留什么发型都开始在意了。宁志的焦虑也丝毫不比他少，周亚迪活着出了监狱，回到了他自己的地盘是一个不容置疑的事实，而宁志更担心的是秦川的安危。想到上次给徐卫东打的那个电话，他已经可以确定周亚迪身边的那个秦川就是自己的战友秦川。徐卫东说要他联系的上级，也正是他。他不知道自己是该高兴还是难过，秦川不仅没有被组织抛弃，反而被派了一个如此重要的任务，要比自己的任务艰难太多。想到可能马上就要与自己朝思暮想的战友在一起战斗，宁志的心情宛如一场暴风雨般疯狂，他怎能不高兴呢？可那天在翻车的地方他看得出，那里经历的何止是一场恶战，根本就是一场你死我活的血战。他甚至不敢去想象那些细节，他担心最终得到秦川遭遇不幸的消息，而且据他从现场的情况粗浅地判断，秦川八成凶多吉少，这又让他如何不难过呢？

2

从监狱回来的第三天一早，宁志刚准备进木屋制毒，胡经拦住他说：“走，我们去拜访周亚迪。”说着活动了一下自己肩膀有伤一侧的那只胳膊，“看不出来我受了伤吧？”

宁志摇摇头说：“看不出来。”

宁志与胡经坐在车后座上，朝周亚迪老巢驶去。一路上，胡经喋喋不休，排解着内心的烦躁，毕竟他要面对的是自己杀了人家父亲，还要杀人家全家抢占人家地盘和生意的人。而宁志此刻就连基本的伪装也懒得去做，心不在焉地看着车外。好在胡经和宁志各有心事，却又都不想让对方看出自己的不安，反倒谁也没在意对方的反常。一直到车停了下来，胡经一下安静了下来，点了支烟狠狠地抽了几口：“妈的，我先杀杀他的威风。”说完下了车，在众人的簇拥下大摇大摆地上了周亚迪的竹楼。宁志默默地跟在众人后面，透过人群的缝隙小心地看着前面出现的每一个画面。

当他跟着胡经等人走到楼上的一个房间门口时，看到里面病床上躺着身上缠满纱布、插满管子的人，心脏几乎跳到了嗓子眼儿。幸好所有人的注意力都在周亚迪和胡经二人身上，没人留意到他的神色。他顾不得去听周亚迪和胡经都说了些什么，甚至顾不得去看一看这个让胡经寝食难安的周亚迪，只是尽力透过前面人墙留下的缝隙，注意着屋内病床上的那个人。

直到胡经对病床上那人说道：“听说迪哥回来的路上遇到了很多麻烦，多亏你，听说你很能打！”

这时一声响屁从屋内传来，一个熟悉的声音说：“可以吗？”

病床边的医生忍着笑点头："好好休息。"医生冲周亚迪点点头，离开了病房。在众人给那个医生让开路时，宁志通过那个空隙终于清清楚楚地看到了病床上的那个人，正是自己日夜思念的战友——秦川。那一刻，宁志只觉得自己连心脏都停止了跳动。医生与自己擦肩而过，人群合拢挡住了宁志的视线。

宁志不记得是怎么跟胡经离开那里的，一切都虚幻得像是一个梦一般。他也不记得一路上胡经跟自己都说了些什么，只是不停地点头。一直到车再次停下，车门被人从外面打开，他才回过神来，下了车对着天空放声大笑。胡经见状，也跟着宁志一起放声大笑，笑够了，胡经搭着宁志的肩膀指着院子中央说："从今往后，你我兄弟齐心合力，就不信搞不翻那姓周的。"

宁志这才发现院子正中央不知什么时候竖立起一尊两米多高的关公像，威风凛凛的红脸关公手持大刀俯视着众人，神像前点着两排蜡烛，还放着各种丰盛的供品。胡经脱了上衣，光着的上身，肩膀还缠着纱布，拽着宁志走到神像前："怎么样，都是我安排的，拜访完周亚迪，咱们正式结拜，从今往后就跟亲兄弟一样。"

宁志看了一眼胡经，二话不说，举着三根香与胡经一同跪在关公像前。

"关二爷在上，今日我与宁志结为异姓兄弟，有福同享，有难同当，不求同年同月生，但愿同年同月死，如有二心，死无葬身之地。”胡经一个头磕下去，再抬起来的时候红光满面，神采奕奕。

“我与胡经结为异姓兄弟，有福同享，有难同当，不求同年同月生，但愿同年同月死，如有二心，天打雷劈。”宁志说完与胡经一同用刀在手臂上割了一道口子，让血流进酒碗。

二人举起酒碗一饮而尽，敬香磕头之后，胡经说：“从今往后你我兄弟二人最大的敌人，就是周亚迪了。”

宁志擦掉嘴角溢出的血酒，冷笑着说：“还有秦川。”

“对，还有秦川！”胡经点点头。

夕阳西沉，为竹楼、丛林和远山镀上了一层金色，整个金三角显得更加神秘莫测。

尾声

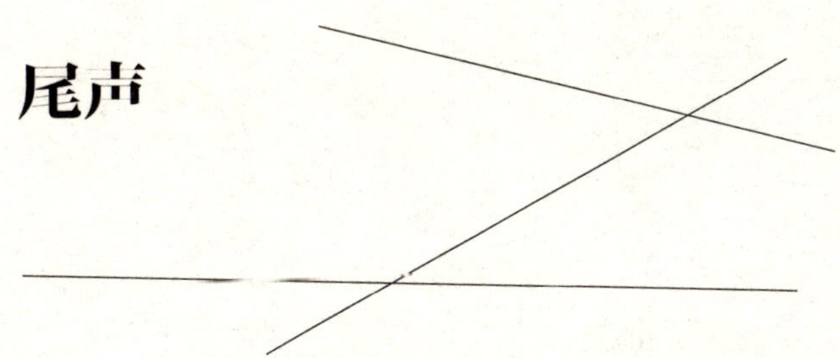

三个月后，宁志被周亚迪的手下洪古认出，壮烈牺牲。在周亚迪身边执行卧底任务的战友秦川将其遗体匆匆掩埋在金三角的深山里，至今未能带回。

（详见《活着再见1——任务》）

（全文完）